BASTEI
LÜBBE

Aus der Taschenbuchreihe SWEET LOVE sind nachstehende Romane erhältlich. Fragt im Buch- oder Zeitschriftenhandel nach diesen Bänden:

56 001 Küß nicht immer meinen Zwilling
56 002 Wer immer lügt, gewöhnt sich dran
56 003 Jessie und das Ekel
56 004 Kein Club für nette Leute
56 005 Wenn du nicht meine Schwester wärst
56 006 Nur einmal so wie Jessie sein
56 007 Liz spielt verrückt
56 008 Verkracht, verliebt und unzertrennlich
56 009 Jessie und ihr neuer Schwarm
56 010 Lauter kleine Lügen
56 011 Das Biest mit dem Unschuldslächeln
56 012 Muß Liebe denn so weh tun?
56 013 Als Liz nicht mehr nach Hause kam
56 014 Eifersucht ist eine Plage
56 015 Das Mädchen mit dem schlechten Ruf
56 016 Erster Preis: Ein Millionär
56 017 Carolines Liebesbriefe
56 018 Liebe zähmt das größte Ekel
56 019 Ein Märchenprinz mit vielen Fehlern
56 020 Bruchlandung in Sachen Liebe
56 021 Ich bin's leid, sagte Jessie
56 022 Dieses Mädchen bringt mich um!
56 023 Abschied
56 024 Gesucht: Eine Freundin für Steven

Nadine Glaßel

Kate William

Ein Märchenprinz mit kleinen Fehlern

Ein Sweet Love Roman
nach einer Idee von
Francine Pascale

BASTEI
LÜBBE

BASTEI-LÜBBE-TASCHENBUCH

Sweet Love
Band 56 019

Deutsche Lizenzausgabe 1986
Bastei-Verlag Gustav H. Lübbe GmbH & Co., Bergisch Gladbach
Originaltitel: Showdown
Ins Deutsche übertragen von Jürgen Bürger
Titelfoto: Bastei-Verlag
Umschlaggestaltung: Quadro-Grafik, Bensberg
Satz: Fotosatz Schell, Bad Iburg
Druck und Verarbeitung:
Elsnerdruck, Berlin
Printed in Western Germany
ISBN 3-404-56019-1

Der Preis dieses Bandes versteht sich einschließlich
der gesetzlichen Mehrwertsteuer.

1

»Ich kann es kaum noch erwarten, Lillians geheimnisvollen Typ kennenzulernen«, verriet Jessica Wakefield ihrer Zwillingsschwester, während sie nach dem am Sonntag üblichen Familien-Brunch die Küche aufräumten. Ihre blaugrünen Augen funkelten vor Aufregung. »Was man so von diesem Burschen hört, klingt doch einfach viel zu gut, als daß alles wahr sein könnte.« Sie trug einen Stapel Geschirr vom Küchentisch zur Spüle.

»Na, heute nachmittag wirst du ja mehr als genug Gelegenheit bekommen, den Jungen genau unter die Lupe zu nehmen«, meinte Elizabeth, während sie die Teller abspülte und dann in die Spülmaschine einräumte. »Wie ich Lillian Fowler kenne, hat sie die Party doch nur deswegen arrangiert, um ihn zu sich nach Hause zu locken und ihn uns allen zu präsentieren.« Sie lachte leise.

»Ganz zu schweigen davon, daß sie ihm dann bei dieser Gelegenheit Fowler Crest in all seiner Pracht zeigen kann«, fügte Jessica hinzu. »Ich schwöre, daß Lillian es nie müde werden wird, mit all ihrem Reichtum und Wohlstand zu protzen.« Vordergründig drückte Jessies Stimme tiefste Verachtung aus, und dennoch war sich Elizabeth ziemlich sicher, daß da auch eine gute Portion Neid mitschwang.

»Aus welchem Grund auch immer«, sagte Elizabeth, »jedenfalls hätte sich Lillian keinen perfekteren Tag für ihre Gartenparty aussuchen können. Es wird ganz bestimmt super.« Durch die weit geöffneten

Fenster fiel das warme Licht der Morgensonne in die Küche der Wakefields.

»Ja, und falls dieser Jack wirklich so fabelhaft ist, wie Lillian behauptet, dann kann es gar nicht anders als super werden«, pflichtete Jessica ihrer Schwester bei.

Elizabeth warf Jessica einen prüfenden Blick zu. »Jessica Wakefield! Du hast es doch nicht zufälligerweise selbst auf Lillians neuen Freund abgesehen?«

»Und warum sollte ich das nicht, wenn er doch so fabelhaft sein soll?« fragte Jessica mit gespielter Unschuld.

»Ehrlich, Jessie!« Elizabeth schüttelte den Kopf. »Du hast den Typ doch noch nicht einmal gesehen.«

»Ach? Na ja, egal, wie Lillian sonst ist, aber sie hat wirklich einen sagenhaften Geschmack. Und so wie sie von Jack geschwärmt hat, muß er schärfer sein als alle Jungs von der Sweet Valley High zusammengenommen.«

»Und was ist mit Lillian?« Inzwischen hatte Elizabeth die Spülmaschine fertig eingeräumt und nahm nun die fettige Bratpfanne und einen schmutzigen Topf in Angriff. »Immerhin ist sie deine Freundin, und sie hat ihn schließlich zuerst kennengelernt.«

»Dann lerne ich ihn eben als zweite kennen – und?«

Elizabeth seufzte. Manchmal hatte es wirklich absolut keinen Sinn, vernünftig mit ihrer Zwillingsschwester reden zu wollen. Jessica war zwar nur vier Minuten jünger als sie selbst, doch in Augenblicken wie diesem hatte Elizabeth eher das Gefühl, als wären es vier Jahre. Äußerlich glichen sich die beiden Schwestern haargenau bis auf einen Leberfleck auf Elizabeths rechter Schulter. Beide waren sie schlank und hatten schulterlanges blondes Haar. Und beide hatten sie dasselbe strahlende Lächeln. Aber ihrem

Wesen nach waren die beiden Mädchen so verschieden, wie es zwei sechzehnjährige nur sein konnten.

Jessica stand gern im Mittelpunkt des Geschehens, und es gab keinen einzigen Trick, den sie nicht kannte, um die Aufmerksamkeit auf sich zu lenken. Elizabeth dagegen sah man auch häufiger allein, tief versunken in ihre Arbeit für die Schülerzeitung der Sweet Valley High School, dem »Oracle«. Sie liebte es, einen geruhsamen Abend mit ihrem festen Freund, Ted Wilkins, zu verbringen, oder auch mit ihrer besten Freundin, Enid Rollins.

Jetzt aber wandte sie sich wieder Jessica zu. »Und was ist mit Neil Freemount?« wollte sie wissen.

»Neil? Weißt du, Neil und ich sind einfach nur gute Freunde«, antwortete Jessica. »Ich meine, na klar, er geht heute mit mir zusammen auf diese Party, aber es macht ihm wirklich absolut nichts aus, wenn ich mich auch mit anderen Jungen unterhalte. Mich stört es ja genausowenig, wenn er mit anderen Mädchen rumhängt.«

»Das macht er aber doch gar nicht, Jessie«, sagte Elizabeth ernst.

Jessica zuckte nur mit den Schultern. »Das ist dann aber wohl kaum mein Problem, oder? Weißt du, Liz«, fuhr sie fort und lachte leise in sich hinein, »ich kann doch wirklich nichts dafür, wenn die Jungs total verrückt nach mir sind.«

Elizabeth gab sich alle Mühe, keine Miene zu verziehen, aber dann mußte sie auch lachen. »Okay, okay, Jessie ... du hast mal wieder gewonnen. Du bist einfach nur charmant und unwiderstehlich.«

Jessica grinste. »Mehr, Lizzie.«

Elizabeth lachte wieder. »Na schön. Du bist klug und eine ausgezeichnete Tänzerin. Und die beste Cheerleaderin, die die Sweet Valley High je gehabt hat. Ach ja, und du bist natürlich auch noch absolut und unwidersprochen hinreißend und schön.«

»Natürlich.« Jessica nickte.

»Und du bist außerdem eine total lahme Ente, wenn du nicht sofort ein Tuch nimmst und langsam anfängst, endlich diese Töpfe und Pfannen abzutrocknen. Und lahme Enten interessieren den berühmten Jack bestimmt nicht.«

»Na, dagegen muß ich doch was tun, oder?« Jessica machte sich an die Arbeit.

Elizabeth kletterte aus dem Pool und legte sich dann auf das große Badetuch neben ihren Freund, Ted Wilkins. Hinter ihnen war die riesige Villa der Fowlers im spanischen Landhaus-Stil mit der großen Veranda, vor ihnen dehnte sich ein perfekt gepflegter Rasen aus. Man hatte einen herrlichen Blick auf Sweet Valley. Elizabeth konnte gerade noch das Einfamilienhaus ihrer Eltern erkennen.

»Toller Ausblick von hier oben, was?« meinte Ted.

Elizabeth nickte und ließ ihre Augen über die üppig-grüne Landschaft Kaliforniens wandern.

Ted rollte sich auf die Seite und schaute seine Freundin an. »Aber jetzt sehe ich sogar noch was viel Besseres.« Er nahm Elizabeths Hand und strahlte sie mit diesem einzigartigen, wunderbaren Lächeln an, bei dem ihr Herz immer für einen Schlag aussetzte.

»Du bist selbst auch nicht gerade übel«, erwiderte Elizabeth sein Kompliment und musterte ihn ausgiebig. Sie beugte sich leicht vor und gab ihm einen zärtlichen Kuß.

»He, he, was treibt ihr denn da?« rief eine Mädchenstimme ausgelassen. Elizabeth blickte auf und entdeckte ihre beste Freundin, Enid Rollins, die gerade zusammen mit ihrem Freund George Warren, einem Erstsemestler am Sweet Valley College, über den Rasen auf sie zukam.

»Jetzt habt ihr uns auf frischer Tat ertappt«, antwortete Elizabeth leichthin, als Enid und George ihre Handtücher neben ihr und Ted ausbreiteten. »Wo habt ihr beide denn so lange gesteckt? Ich dachte schon, ihr hättet es euch anders überlegt und würdet nicht mehr kommen.«

»George hatte heute wieder eine Flugstunde«, erklärte Enid. »Und ich bin zum Flugplatz rausgefahren, um ihn anschließend abzuholen.«

»Ach, ja, stimmt.« Elizabeth nickte. »Heute ist wirklich ein idealer Tag zum Fliegen. Wie war's denn, George?«

George lächelte. »Phantastisch, echt. Du kannst dir gar nicht vorstellen, was das für ein tolles Gefühl ist, wenn du in deinem eigenen Segelflugzeug durch die Lüfte gleitest.« Er schaute zu dem strahlendblauen Himmel auf, als ob er allein mit diesem Blick seiner Aussage noch mehr Nachdruck verleihen könnte.

»Ja, genau das sagt Sandra auch dauernd«, meinte Elizabeth. »Sie macht in demselben Flugkurs mit.«

»Sandra? Sie ist eine der besten Teilnehmerinnen an unserem Kurs«, erklärte George.

»Außer dir natürlich«, behauptete Enid nicht ganz ernst. Ihre grünen Augen funkelten übermütig.

»Na, das war doch wohl klar!« George knuffte seine Freundin liebevoll in den Arm.

»Und wann macht unser Mr. Super-Pilot endlich seinen Flugschein?« erkundigte sich Ted.

»Gestern in zwei Wochen ist es soweit«, antwortete George. »Und du und Liz, ihr werdet die ersten sein, die ich anschließend auf einen Flug mitnehme. Nach Enid natürlich.«

Plötzlich hörten sie aus Richtung des Pools lautes Gelächter. Die vier Freunde drehten sich um und sahen, daß der große, schlaksige Winston Egbert, der Clwon der vorletzten Jahrgangsstufe an der Sweet Valley High, Nicholas Morrow zu einem Hundekraul-Wettschwimmen herausgefordert hatte. Elizabeth mußte lachen, als sie sah, wie sich Winston und Nicholas abmühten, vorwärts zu kommen. Sie paddelten wie verrückt und hatten offensichtlich alle Mühe, ihre Köpfe über Wasser zu halten. Außerdem mußten sie genauso lachen wie ihre Zuschauer, und prompt schluckten sie Wasser. Als Nicholas und Winston gleichzeitig den Rand des Beckens erreichten, jubelten alle laut und begeistert.

Ein Stück entfernt war ein Tennis-Match in vollem Gange, und wieder woanders spielte Olivia Davidson, die Kultur-Redakteurin des »Oracle«, auf ihrer Gitarre, und einige andere sangen dazu.

»Die Party ist wirklich super«, bemerkte Enid.

»Mit einer Ausnahme.« Elizabeth blickte zu einer kleinen Gruppe Palmen an der Seite des großen Hauses hin. Unter diesen Palmen saß Lillian Fowler. Allein. »Lillians geheimnisvoller Gast ist immer noch nicht gekommen.« Und Lillian ist ganz sicher nicht die einzige, die sich wundert, wo er wohl bleibt, fügte Elizabeth in Gedanken hinzu. Jessica war den ganzen Nachmittag von ihrem üblichen Schwarm treuer Fans umgeben gewesen: Cara Walker, ihre beste Freundin, Neil Freemount und einigen anderen Bewunderern.

Doch immer, wenn sie sich unbeobachtet fühlte, sah sie sich suchend um, ob nicht vielleicht ein neuer Gast eingetroffen war. Auf die meisten Leute mußte es so wirken, als verbrächte Jessica einen der schönsten Nachmittage ihres Lebens, aber ihre Zwillingsschwester ließ sich von dem äußeren Schein nicht täuschen. Elizabeth wußte, daß Jessica schwer enttäuscht war.

»Ja, das ist wirklich zu blöd«, sagte Enid. »Ich war doch schon so neugierig auf Lillians neuen Typ. Ich meine, für irgendeinen durchschnittlichen Jungen würde sich Lillian doch niemals in solche Mühen und Unkosten stürzen.« Sie zeigte auf den großen Tisch mit dem Buffet auf der Veranda. Berge von frischem Obst, Weintrauben, Kirschen, Melonenstücken und Ananas waren dort aufgetürmt worden. Neben ausländischen Käsesorten, verschiedenen Arten von Crackern, Aufschnitt, Chips, frischem Gemüse und verschiedenen Soßen, gab es jede Menge Gebäck und Kuchen. Als Schutz vor der Sonne war ein rot-weißgestreifter Baldachin über dem üppigen Festmahl aufgespannt worden. Elizabeth beobachtete, wie sich gerade der große Surfer Bill Chase und seine Freundin DeeDee Gordon die Teller kräftig mit Essen beluden.

»Hm, sieht wirklich nicht schlecht aus«, stimmte Ted zu und beäugte hungrig das Buffet. »Sollten wir nicht auch mal was davon probieren?«

»Worauf du dich verlassen kannst!« antwortete ihm George, und schon standen die beiden Pärchen auf und marschierten auf den üppig gedeckten Tisch zu.

Elizabeth überlegte gerade, ob sie ein Stück von dem Apfelkuchen oder eins von dem Zimt-Rosinen-Kuchen nehmen sollte, als sie Lillians Stimme hörte.

»Jack«, rief Lillian, »ich freue mich ja so, daß du es doch noch geschafft hast! Ohne dich wäre der Nachmittag nur halb so gut gewesen.« Elizabeth drehte sich augenblicklich um und sah, wie Lillian mit einem großen, gut gebauten jungen Mann auf ein paar andere Gäste zuging. Er war braungebrannt, und sein honigblondes Haar hatte einige von der Sonne gebleichte hellere Strähnen. Seine Kleidung war sehr konservativ; khakifarbene Shorts und ein grünes Lacoste-Hemd.

Dann ist er also doch noch endlich eingetrudelt, dachte Elizabeth. Jessica wird sich freuen.

»O Mann!« meinte Cara, die zu Elizabeth an den Tisch gekommen war. »Lillian hat keinen Quatsch erzählt, als sie sagte, daß der Junge einfach hinreißend ist. Ein Bild von einem Mann.« Ihre Augen klebten förmlich an Jack, als er mit Lillian zum Swimmingpool ging.

Jessica, die neben Neil auf dem Rasen saß, hatte Jacks Ankunft natürlich ebenfalls bemerkt. Mann! dachte auch sie. Bis jetzt hatte ich es ja gar nicht ernsthaft vorgehabt, Lillian diesen Typ auszuspannen, aber jetzt ...

Sie ließ den gutaussehenden Jungen nicht aus den Augen, während Lillian ihn den Leuten am Pool vorstellte.

»Neil«, begann Jessica, »ich weiß ja nicht, wie es mit dir ist, aber ich brauche jetzt unbedingt eine Abkühlung.«

Ohne seine Antwort abzuwarten, sprang Jessica auf und marschierte schnurstracks auf den Pool – und auf Jack zu. Als sie nur noch wenige Meter von ihm entfernt war und sich vergewissert hatte, daß er auch in ihre Richtung schaute, zog sie ihr Frottee-Strandkleid aus. Darunter trug sie einen absolut winzigen Bikini, der ihre Figur wunderbar zur Geltung brachte. Sie stieg auf das Sprungbrett, und ohne auch nur eine Sekunde zu zögern, machte sie einen eleganten Sprung ins Wasser.

»Guter Sprung«, meinte Jack zu Lillian.

»Hm«, erwiderte Lillian einsilbig.

Eine Sekunde später tauchte Jessica schon wieder auf. Sie blickte zu Jack und Lillian hinüber und winkte ihnen zu. »Kommt doch auch rein! Das Wasser ist wirklich prima!« Sie schenkte ihnen ihr strahlendstes Lächeln.

»Klingt nicht übel«, hörte sie Jack zu Lillian sagen. »Sollen wir?«

»Ja«, antwortete Lillian leise. Sie schien nicht sonderlich von der Idee begeistert zu sein, daß sie Jack mit jemand anderem teilen sollte. »Du kannst dich da hinten umziehen, wenn du willst.« Sie zeigte auf ein kleines Badehäuschen am flachen Ende des Pools.

Während Jack hinüberging, musterte Jessica Lillian gründlich. Lillian hatte ihr braunes Haar zurückgebunden, und ihr glänzend schwarzer Bikini war nicht weniger knapp als der Jessicas. Und Lillians Figur war fast genausogut wie ihre eigene. Aber auch nur fast, fügte Jessica in Gedanken hinzu. Jessica schaute zu der Badehütte hinüber, und da tauchte Jack in einer blauen Badehose wieder auf. O mein Gott, dachte sie, je weniger der Bursche am Leib hat, desto besser sieht er aus!

Sie beobachtete, wie Lillian sich neben Jack an den Rand des Beckens stellte, einen Zeh ins Wasser steckte und ihn zaghaft bewegte.

»Nach dir«, sagte Jack galant zu seiner Gastgeberin.

Lillian ließ sich langsam ins Wasser gleiten, und Jack machte einen gekonnten Kopfsprung. Als er wieder an die Oberfläche kam, war Jessica sofort neben ihm.

»Hallo«, sagte sie und lächelte ihn an. »Ich glaube, wir sind uns noch nicht vorgestellt worden.«

Lillian beeilte sich, zu den beiden zu schwimmen, und schob sich genau zwischen sie. »Das hier ist meine liebe Freundin Jessica Wakefield«, erklärte sie und trat Wasser. Für den Bruchteil einer Sekunde drehte Lillian Jack den Rücken zu und warf Jessica einen eiskalten Blick zu. Dann schaute sie Jack wieder an und lächelte honigsüß. »Und, Jessie, das hier ist mein neuer Freund Jack.«

»Nett, dich kennenzulernen, Jessica«, sagte Jack.

»Gleichfalls«, erwiderte Jessica, schwamm ein paar Züge, um dann neben ihm Wasser zu treten.

Wie bei einem Reise-nach-Jerusalem-Spiel im Wasser schob sich Lillian schnell wieder zwischen die beiden und sah Jack an. »Wie wär's mit ein paar Bahnen durch den Pool?« fragte sie und versuchte, Jessica damit loszuwerden.

»Einverstanden«, willigte Jack ein.

Lillian legte sich auf den Rücken, blinzelte Jessica an und sagte plötzlich: »Bis später, Jessie.«

»Wir sehen uns nachher noch«, fügte Jack hinzu.

»Worauf du dich verlassen kannst«, antwortete Jessica und dachte gar nicht daran, sich von Lillians eindeutigen »Fingerweg!«-Signalen verjagen zu lassen. Sie sah den beiden nach, wie sie durch den Pool schwammen und registrierte, wie geschmeidig und kräftig Jack sich bewegte, während er durch das Wasser glitt. Alle paar Meter hielt er an und wartete, bis Lillian wieder zu ihm aufgeholt hatte.

Das ist endlich mal ein richtiger Gentleman, dachte Jessica. Genau der Typ Mann, für den ich mich ganz besonders interessiere. Sie mußte nur noch den richtigen Moment abpassen, in dem sie ihn allein erwischte.

Das allerdings stellte sich als schwieriger heraus, als Jessica geglaubt hatte. Lillian ließ Jack nicht eine Minute aus den Augen, sondern führte ihn untergehakt von einer Gruppe ihrer Freunde zur nächsten. Jack schien alle mit seinem Charme zu bezaubern. Er war freundlich, doch dabei nicht im geringsten öde oder langweilig. Er schien sich für jeden einzelnen der Leute, die ihm vorgestellt wurden, zu interesieren, und obgleich es sicher eine ganze Menge gab, um das man ihn beneiden konnte, prahlte er doch kein einziges Mal. Genaugenommen sprach er überhaupt nicht von sich selbst. Er war zwar ganz eindeutig der Mittelpunkt des Interesses aller, aber dennoch blieb seine Person ein Geheimnis. Ein Geheimnis, das zu lösen Jessica immer mehr reizte, je länger die Party dauerte.

Doch die Zeit verging, und Jessica hatte immer noch keine passende Gelegenheit gefunden, Jack allein zu sprechen.

Da sah sie, wie Lillian ihn Elizabeth, Ted, Nicholas und Aaron Dallas vorstellte.

»Entschuldige mich«, sagte Jessica zu Ken Matthews, der ihr gerade von einem neuen Kunststück auf seinen Wasserskiern erzählt hatte. »Mir ist eben etwas Wichtiges eingefallen, was ich unbedingt meiner Schwester erzählen muß.« Sie ergriff ihre Chance, lief zu der Gruppe hinüber und kam gerade noch rechtzeitig dort an, um den Rest von Jacks Satz mitzubekommen.

»... aber hast du vorhin nicht einen anderen Badeanzug angehabt?« erkundigte Jack sich bei Elizabeth, die einen einfachen weißen Einteiler trug.

Jessica stellte sich neben Elizabeth und legte ihr den Arm um die Schultern. Zuerst sah Jack leicht verwirrt aus, doch dann begann er zu verstehen.

»Aha, so ist das. Ihr seid Zwillinge.« Jack lachte.

Elizabeth hielt ihm ihre Hand hin. »Ich bin Liz«, erklärte sie.

»Freut mich, dich kennenzulernen. Ich heiße Jack.«

»Und das hier ist Ted. Und Aaron«, stellte Elizabeth ihm die anderen vor. »Und natürlich Nicholas.«

Nicholas musterte Jack auf eine merkwürdige Art, als die beiden Jungs sich die Hände schüttelten. »Du kommst mir irgendwie bekannt vor, Jack«, meinte er. »Kennen wir uns vielleicht von irgendwoher?«

Zum ersten Mal, seit er auf die Party gekommen war, schien Jack nun ein wenig nervös zu sein. »Nein. Ich ... äh ... ich kann mir nicht vorstellen, wo wir uns früher schon mal getroffen haben sollten«, antwortete er stockend.

»Beim Segeln vielleicht?« fragte Nicholas. »Ich bin früher oft nach Teela Locca in New Hampshire zum Segeln gefahren. Da war ich noch ein Kind.« Jack schüttelte den Kopf. »Hm. Und was ist mit Martha's Vineyard? Meine Eltern hatten früher dort ein Sommerhaus?« fuhr Nicholas fort.

»Nein«, sagte Jack und verlagerte unruhig sein Gewicht von einem Fuß auf den anderen. Jessica fand, daß er irgendwie den Eindruck machte, als sei ihm diese Situation entschieden unangenehm. Sie überlegte, was wohl der Grund dafür sein mochte.

»Du warst auch nicht zufällig früher öfter an der Ostküste?« bohrte Nicholas weiter. »Meine Familie ist erst vor kurzem von dort nach hier gezogen.«

Jack starrte auf den Boden. »Ja, ich war dort«, murmelte er kaum hörbar, »aber ich kann mich wirklich nicht daran erinnern, dich schon einmal irgendwo gesehen zu haben.«

»Vielleicht kennst du meine Schwester. Regina Morrow.« Nicholas' Schwester, eine Klassenkameradin der beiden Zwillinge, war von Geburt an taub. Zur Zeit befand sie sich in einer Spezialklinik in der Schweiz, wo sie sich einigen Operationen unterziehen mußte, die sie von ihrer Behinderung befreien sollten.

»Nein, der Name kommt mir auch nicht bekannt vor.« Jack schüttelte den Kopf.

»Na ja«, meinte Nicholas schließlich. »Vielleicht siehst du auch nur irgend jemandem ähnlich, den ich kenne.« Doch besonders überzeugt klang er nicht. »Egal«, redete er weiter, »wir wollten gerade eine Partie Badminton spielen. Habt ihr Lust mitzumachen?«

Schnell mischte sich jetzt Lillian ein. »Nein, ich wollte Jack gerade die neue Turnhalle zeigen, die mein Vater einrichten will.«

Jessica war natürlich sofort klar, daß Lillian mit Jack allein sein wollte, bevor die Party endgültig vorüber war. Eine ganze Reihe von Gästen war bereits gegangen, und das war jetzt Lillians letzte Chance. Doch Jessica war ebenfalls wild entschlossen, den Rest der Party zusammen mit Jack zu verbringen. Sie dachte gar nicht daran, sich ihre Pläne von Lillian durchkreuzen zu lassen.

»Oh, ich würde die neue Turnhalle auch unheimlich gerne sehen«, lud sie sich daher selbst schnell ein.

Das schien Lillian alles andere als zu gefallen, aber ihr fiel nichts ein, wie sie ablehnen konnte. Also straffte sie ihre Schultern und führte Jack und Jessica in das enorm große und weiträumige Haus der Fowlers. Als sie in die Eingangshalle traten, in der ein riesiges abstraktes Gemälde hing – das bestimmt unheimlich teuer gewesen war, dessen war sich Jessica ganz sicher – klingelte irgendwo im Haus ein Telefon.

Lillian verzog das Gesicht. »O nein! Und ausgerechnet heute hat das Personal frei. Da werde ich wohl selbst rangehen müssen.« Sie blickte von Jack zu Jessica und biß sich fest auf die Unterlippe, als sie Jessicas schadenfrohe Miene bemerkte. Dann seufzte sie einmal tief und lief davon, um den Anruf zu beantworten.

Jetzt hatte Jessica ihre große Chance, auf die sie den ganzen Tag gewartet hatte. »So«, sagte sie und trat so dicht an Jack heran, wie es eben möglich war, ohne ihn direkt zu berühren. »Ich glaube nicht, daß ich dich früher schon hier in der Stadt gesehen habe. Ich meine, ich würde mich ganz bestimmt an dich erinnern, wenn wir uns schon einmal über den Weg gelaufen wären.« Ihre Stimme war so süß wie Ahornsirup. »Bist du erst kürzlich nach Sweet Valley gezogen?«

»Ich bin erst ein paar Monate hier«, erwiderte Jack höflich.

»Gehst du irgendwo in der Nähe zur Schule?« fragte Jessica weiter.

»Nein. Ich will zwischen High School und College mal was ganz anderes machen. Ich will endlich mal für mich allein sein«, erklärte er. »Aber reden wir doch lieber über dich. Erzähl mir von dir.«

Jessica kam seinem Wunsch nur allzu gerne nach. Sie erzählte ihm, daß sie Co-Captain der Sweet Valley High Cheerleaders war und sie erwähnte kurz ihre Eltern. Mr. Wakefield war ein prominenter Rechtsanwalt und Mrs. Wakefield Innenarchitektin. »Ich habe auch noch einen Bruder, Steven, der jetzt im ersten Semester auf dem College ist«, schloß Jessica, »und meine Zwillingsschwester Liz hast du ja auch schon kennengelernt.«

Jack nickte. »Ihr seid die hübschesten Zwillinge, die ich je gesehen habe.«

Jessica spürte, wie ihr Puls schneller schlug. Jack war hundertprozentig an ihr interessiert. Das mußte einfach so sein! »Hör zu«, sagte sie plötzlich. »Ich würde dich wirklich unheimlich gern näher kennenlernen.«

Jack lächelte.

»Warum rufst du mich nicht einfach mal an, und dann gehen wir zusammen essen oder so«, fuhr Jessica fort. Sie betonte das »oder so« ganz besonders.

»Hört sich nicht schlecht an«, stimmte Jack zu.

Jessica erlaubte sich ein triumphierendes Lächeln. »Ich bin mir ziemlich sicher, daß wir beide uns unheimlich gut amüsieren werden«, antwortete sie. »Warte, ich gebe dir meine Telefonnummer.«

Sie schaute sich suchend nach einem Stift und einem Stück Papier um, doch außer einem Streichholzheftchen entdeckte sie nichts auf dem kleinen Tischchen aus Stahl und Glas, das in der Eingangshalle stand.

Schnell nahm sie die Streichhölzer, riß eins an und blies es sofort wieder aus. Mit dem verkohlten Ende des Streichholzes kritzelte sie ihre Telefonnummer auf die Innenseite des Heftchens. »So, da ist sie.« Sie drückte Jack das Streichholzheft in die Hand und ließ ihre Finger einen winzigen Augenblick auf seinen liegen.

Jessica kam es vor, als knisterten Funken zwischen ihnen, doch genau in diesem Augenblick hörte sie Lillian wieder zurückkommen. Schnell zog sie ihre Hand zurück und trat einen Schritt zur Seite. »Du wolltest mir doch gerade erzählen, was du eigentlich hier in Sweet Valley machst«, behauptete sie gekonnt unschuldig, als Lillian sich ihnen näherte.

»Wollte ich das?« Jack schien die Situation zu amüsieren.

»Vielleicht solltest du es ihr wirklich erzählen, Jack.« Lillian stellte sich neben den Jungen und legte besitzergreifend eine Hand auf seine Schulter. »Früher oder später wirst du die Wahrheit über dich ja doch verraten müssen.«

»Ja, das mag wohl sein«, antwortete Jack.

Jetzt kommt's, dachte Jessica. Er ist ein ganz berühmter Schauspieler, den bis jetzt nur noch niemand wiedererkannt hat. Oder noch besser, er ist schrecklich reich und braucht überhaupt nicht mehr zu arbeiten. Vielleicht ist er ja sogar ein richtiger Adliger. Haargenau die Sorte Mann, mit der ich mich von der ganzen Welt gern bestaunen lassen möchte.

Jack wandte sich Jessica zu. »Die Wahrheit ist, Jessie«, begann er und holte tief Luft, »daß ich ein Bauarbeiter bin.«

2

Lillian hatte es sich auf einem Liegestuhl neben dem Pool bequem gemacht. Sie trank langsam ihren Eistee, und hinter den Bergen, die Sweet Valley umschlossen, ging gerade die Sonne unter. Der Himmel glühte in tausend Rottönen.

Jack war an Lillians Seite. Alle anderen Gäste waren längst schon gegangen.

Für den Rest der Party hatte sie es irgendwie geschafft, Jack von Jessica fernzuhalten. Na ja, vielleicht war es auch eher so gewesen, daß sich Jessica selbst zurückgehalten hatte. Nur ab und zu hatte sie Jack noch einmal verstohlen betrachtet, und man sah ihr deutlich die Unentschlossenheit an, ob sie nun mit einem einfachen Bauarbeiter zusammen gesehen werden wollte oder nicht.

Jessica war immer der festen Überzeugung gewesen, daß lediglich die reichsten, die beliebtesten und die privilegiertesten Jungs für sie gut genug wären, und normalerweise stimmte Lillian mit ihr in dieser Hinsicht auch überein. Doch andererseits war Lillian in diesem speziellen Fall fest davon überzeugt, daß Jack nicht nur irgendein einfacher Bauarbeiter war. Seine Kleidung, sein Verhalten, sein gesamtes Auftreten hatte etwas Vornehmes, Feines an sich. Irgend etwas mußte dieser Junge verheimlichen.

Jessica schien zu demselben Schluß gekommen zu sein, als die Party schließlich zu Ende war. »Lillian«, hatte sie ihrer Gastgeberin beim Abschied zugeflüstert, »du glaubst doch wohl selbst nicht, daß dieser Junge ein einfacher Arbeiter ist. Ich meine, hinter dieser Fassade steckt doch eine gute Erziehung und so.«

Lillian hatte lediglich mit den Schultern gezuckt. »Vielleicht müssen wir ihm einfach das glauben, was er uns erzählt.«

Sie verriet nicht, daß sie längst etwas Ähnliches vermutet hatte. Doch jetzt, nachdem alle anderen fort waren, wollte Lillien versuchen, Jacks Geheimnis zu lüften.

Lillian schob ihren Liegestuhl näher an Jacks heran. »Und was hast du gemacht, bevor du nach Sweet Valley gekommen bist?« fragte sie so beiläufig wie möglich, wobei sie sein klassisch geschnittenes Profil musterte, das sich gegen den dunkler werdenden Himmel abzeichnete.

»Ich war auf anderen Baustellen«, antwortete Jack. »In anderen Städten.«

Eine Weile schwieg Lillian wieder. »Es ist schon komisch«, meinte sie schließlich. »Obwohl ich dich mit eigenen Augen bei der Arbeit gesehen habe, obwohl ich gesehen habe, wie du Steine schleppst und hämmerst und all so etwas, finde ich trotzdem nicht, daß du wie ein Bauarbeiter wirkst. Nicht daß du denkst, ich könnte Bauarbeiter nicht leiden«, fügte sie schnell hinzu. Sie wollte es auf gar keinen Fall riskieren, daß sie ihn vielleicht beleidigte.

»Was für ein Typ bin ich denn dann deiner Meinung nach?« fragte Jack.

»Tja ...« Lillian trank bedächtig einen Schluck von ihrem Eistee. »Du wirkst irgendwie ... ich weiß nicht, wie ich es sagen soll ... irgendwie wichtiger, bedeutender ... so als ob du für größere Dinge auf dieser Welt vorgesehen wärst ...« Sie suchte nach den richtigen Worten.

»Und du findest, daß Häuser bauen, Wasserleitungen verlegen und reparieren, Straßen asphaltieren keine wichtigen Arbeiten sind?« wollte Jack wissen.

Nichtsdestoweniger schien er von Lillians Bemerkung doch sehr angetan zu sein.

»Nein ... nein, das habe ich damit nicht ausdrükken wollen. Es ist vielmehr ... nun ...« Lillian sprach nicht zu Ende.

»Ich weiß schon, was du meinst«, meinte Jack. »Ich wollte dich nur ein bißchen aufziehen. Genaugenommen hast du mir gerade unheimlich geschmeichelt.«

»Aber du bist doch ein richtiger Vollzeit-Bauarbeiter?« hakte Lillian nach.

Ihre erste Reaktion war vollkommene Enttäuschung, denn Jacks Nicken ließ ihren Ballon der Glückseligkeit platzen. Doch dann war sie auch wieder erleichtert; erleichtert darüber, daß ihr Vater es nicht mehr geschafft hatte, von seiner Geschäftsreise vor dem Ende der Party zurückzukehren. Er war es gewesen, der angerufen hatte, als sie Jack und Lillian die Turnhalle hatte zeigen wollen. Er hatte ihr gesagt, daß sein Flug Verspätung hätte und daß er einen Tag später als ursprünglich erwartet erst wieder zu Hause sein würde.

Zuerst war Lillian darüber ein bißchen sauer gewesen, denn wie die Dinge lagen, verbrachte sie sowieso nur wenig Zeit mit ihrem Vater. Doch jetzt war sie froh deswegen. Ganz egal, wie ungewöhnlich Jack auch immer für einen Bauarbeiter sein mochte, sie war sich doch ganz sicher, daß ihr vornehmer Vater niemals einen Jungen wie ihn akzeptieren würde. Noch nicht einmal als Jungen, mit dem sie auf eine Party ging.

»Aber Lillian«, meinte Jack in Lillians Gedanken hinein, »mein bisheriges Leben ist vollkommen anders verlaufen als bei all meinen Kollegen.«

»Ach, wirklich?« fragte Lillian. Ein Hoffnungsschimmer tauchte wieder an dem düsteren Horizont auf.

»Ja. Lillian, kannst du ein Geheimnis für dich behalten?«

»Natürlich!« rief sie aus. Vielleicht war ja doch alles ganz anders.

Da hatte sie also doch recht gehabt! Jack hatte etwas sehr Wichtiges über sich zu verbergen. Und in wenigen Augenblicken schon würde sie erfahren, was wirklich hinter seiner Fassade steckte!

»Du versprichst, daß du keiner Menschenseele etwas verraten wirst?« erkundigte sich Jack. Lillian nickte.

»Vor knapp einem Jahr bin ich von zu Hause fortgegangen.« Jack leerte sein Glas Eistee. »Mein Vater ist ein sehr wichtiger und einflußreicher Mann, und er ist daran gewöhnt, über das Leben von allen möglichen Menschen zu bestimmen, einschließlich meinem eigenen. Er hat mich immer in die ›richtigen‹ Sommerlager geschickt, auf die ›richtige‹ private Vorbereitungsschule für das College, und er hatte vor, mich nach Princeton zu schicken. Er selbst war auf dieser Uni gewesen, genau wie sein Vater vor ihm. Er hatte mein ganzes Leben schon bis ins letzte Detail geplant. Ich war für ihn nur eine Marionette, bei der er an allen Fäden zog.«

Lillian tat zwar so, als würde sie Jack bemitleiden, dabei mußte sie sich unheimlich zusammenreißen, um nicht freudestrahlend aus ihrem Liegestuhl aufzuspringen und Rad zu schlagen. Sie hatte es doch die ganze Zeit über gewußt! Jack war jemand. Ein echt großes Tier! Und er kam natürlich aus einer ebenso wohlhabenden und vermögenden Familie wie sie selbst. Soweit es sie also betraf, war nun alles klar.

Aber sie spielte Jack dennoch etwas vor. Sie bemühte sich, ernst und nachdenklich dreinzublikken. »Das muß alles wirklich sehr hart für dich gewesen sein, Jack«, sagte sie mitfühlend. »Aber wer ist denn eigentlich dein Vater, daß er es so sehr gewohnt ist, andere Leute zu befehlen und zu beherrschen?« Im Geiste ließ Lillian die Gesichter von berühmten Politikern, Filmbossen aus Hollywood und Wirtschaftskapitänen an sich vorbeiziehen.

»Lillian, es ist doch gar nicht so wichtig zu wissen, wie mein Vater heißt oder was er macht. Ich versuche, all das weit hinter mir zu lassen. Ich will endlich ich selbst sein. Ich will nicht mehr nur der Sohn meines Vater sein!«

Lillian war beeindruckt. »Ich glaube, ich verstehe, was du meinst«, antwortete sie. »Manchmal komme ich mir selbst auch so vor, als wäre ich nichts anderes als nur George Fowlers Tochter.« Das war die Wahrheit, obschon sie meistens selbst die erste war, die allen Leuten klar machte, daß sie die Tochter eines der reichsten Männer von Sweet Valley war.

»Ich freue mich, daß du mich verstehst.« Jack streckte seine Hand aus und drückte dankbar Lillians Arm. »Ich will nicht eher wieder nach Hause zurückgehen, bis ich es aus eigener Kraft zu was gebracht habe. Ich will von ganz unten nach oben kommen, verstehst du mich? Ich will von niemandem eine Sonderbehandlung, nur weil ich mit einem silbernen Löffel im Mund auf die Welt gekommen bin.« Jack schwieg. Er warf seinen Kopf zurück und schaute in den dunkelroten Himmel hinauf.

»Aber manchmal«, er seufzte tief, und es klang sehr einsam und verlassen, »manchmal vermisse ich unheimlich meine kleine Schwester. Das ist das einzig wirklich Harte daran, daß ich so weit fort von zu Hause bin. Und sie selbst nimmt die ganze Sache auch verdammt schwer. Mom ist vor ein paar Jahren gestorben, und jetzt leben nur noch Valerie und Dad in unserem Haus. So heißt meine Schwester, Valerie.«

Lillian war hingerissen davon, wie zärtlich plötzlich seine Stimme klang. Was für ein wundervoller Mensch er doch ist, dachte sie. Sie spürte, wie er sich langsam entspannte, während er fortfuhr, von Valerie zu erzählen.

»Wir hatten immer soviel Spaß miteinander, als wir die Wälder hinter Großvaters Chalet in der Schweiz ausgekundschaftet haben. Oder wenn wir uns wieder einmal vor Veronique versteckten. Veronique war unsere Hauslehrerin, eine ältere Dame aus Paris. Natürlich hat mein Vater dafür gesorgt, daß wir beide schon von klein auf fließend französisch sprechen lernten, und er hat auch veranlaßt, daß wir Latein beigebracht bekamen. Ich war damals zehn und Valerie acht.«

Lillian lehnte sich in ihrem Liegestuhl zurück und fühlte sich unglaublich glücklich, daß Jack sich ihr schließlich doch noch anvertraute. Doch dann wurden seine Erinnerungen an frühere Zeiten von dem Geräusch eines sich nähernden Wagens abgebrochen, der offensichtlich über die Privatstraße der Fowlers zum Haus hinaufgefahren kam.

»O nein«, jammerte Lillian. »Daddy ist zurückgekommen. Dann hat er es doch noch irgendwie geschafft, heute abend einen Flug zu bekommen.« Plötzlich überkam sie Panik. Jacks Suche nach Unabhängigkeit und Freiheit war für sie selbst vollkommen in Ordnung, genaugenommen war sie sogar ziemlich davon beeindruckt, doch ein aufsässiger Sohn würde bei ihrem Vater ebenso wenig Sympathien hervorrufen wie ein einfacher Bauarbeiter. Jack schien das Dilemma zu spüren, in dem Lillian nun steckte.

»Soll ich vielleicht lieber gehen, ehe dein Vater mich hier sieht?« schlug er vor.

Lillian nickte. »Er ... äh ... ist nicht damit einverstanden, wenn ich Jungs hier im Haus habe, solange sonst niemand da ist«, log sie. Dabei machte Lillian grundsätzlich das, was sie wollte, wenn ihr Vater aus dem Haus war. Aber sie konnte Jack schließlich nicht die Wahrheit sagen, andernfalls dachte er noch, sie würde sich seinetwegen schämen – während sie doch auf dem besten Weg war, sich immer heftiger in ihn zu verlieben.

»Paß auf, ich habe unten am Fuß des Hügels geparkt«, erklärte Jack. »Ich dachte, meine alte Karre würde hier oben nicht so recht hinpassen. Da kann ich mich jetzt wegschleichen, ohne daß mich ein Mensch sieht.«

»Ja, vielleicht solltest du jetzt wirklich besser gehen«, antwortete Lillian. Aber warum muß das ausgerechnet jetzt sein, wo wir uns doch gerade erst etwas näher gekommen sind, dachte sie verbittert. Sie konnte sich beinahe nicht entscheiden, was nun schlimmer oder unangenehmer war – den Zorn ihres Vaters zu riskieren oder Jack einfach gehen zu lassen, wo er gerade erst begonnen hatte, ihr mehr aus seinem Leben zu erzählen.

»Lillian, mir reicht *ein* wütender Vater vollkommen.« Jack stopfte sein Handtuch und die noch immer feuchte Badehose schnell in eine kleine Tasche. »Aber wir beide sehen uns ganz bestimmt wieder. Unter der Woche kann ich abends nicht so gut ausgehen, weil ich ja morgens immer schon ziemlich früh zu arbeiten anfange, aber wie wär's denn mit kommendem Wochenende? Sagen wir, Freitagabend?«

»Riesig gern.« Lillians Lächeln war ebenso echt wie

der Diamantanhänger, der an der dünnen Goldkette um ihren Hals hing.

»Prima. Ich ruf dich dann vorher noch an, okay?« Jack gab Lillian einen kleinen Kuß auf die Wange und verschwand dann die Auffahrt hinunter. Lillian saß allein in der milden, warmen Abendluft.

Fast eine Stunde später hockte Lillian auf dem Himmelbett in ihrem vornehmen Schlafzimmer und hielt ihr hellblaues Telefon im Arm. Sie hatte schon den Hörer abgehoben, doch plötzlich hielt sie mitten in der Bewegung inne. Schließlich legte sie den Hörer energisch wieder auf die Gabel. Sie hatte Jack schließlich versprochen, daß sie sein Geheimnis für sich behalten würde, und genau das gedachte sie auch zu tun. Sie stellte das Telefon auf den kostbaren antiken Nachttisch neben ihrem Bett und ließ sich mit einem tiefen Seufzer in ihre Kissen zurücksinken.

In Gedanken ließ sie sich noch einmal jedes einzelne Wort durch den Kopf gehen, das sie und Jack gewechselt hatten. Sie berührte ganz vorsichtig die Stelle auf ihrer Wange, wo Jack sie hingeküßt hatte. Er war ja so wunderbar, so perfekt, so …

Wenn sie doch nur mit einem Menschen über ihn reden könnte! Sie war sich ganz sicher, daß sie platzen müßte, wenn sie ihre guten Neuigkeiten auch nur eine Minute länger für sich behalten würde.

Sie streckte den Arm aus und berührte wieder das Telefon. Was konnte es schon schaden, wenn sie ein einziges, winzig kleines Telefongespräch führte? Wenn sie nur einem einzigen Menschen von Jack erzählte und wenn sie dafür sorgte, daß dieser jemand ganz bestimmt nichts weiterverriet? Was sie für diesen Jungen empfand, war doch etwas so Besonderes, Außergewöhnliches und Kostbares – sie mußte einfach mit jemandem darüber reden! Jack würde das ganz bestimmt verstehen. Er gehörte zu den Jungen, die so etwas verstehen konnten.

Lillian hob den Hörer wieder ab und wählte dann schnell die Nummer von Cara Walker. »Cara?« sagte sie, als ihre Freundin abnahm. »Ich muß dir die absolut neueste, tollste, beste, größte Neuigkeit erzählen. Aber du mußt mir schwören, daß du zu keinem Menschen auch nur ein Sterbenswörtchen davon verrätst. Schwörst du? Mutter, Vater, Tod?«

Und dann berichtete Lillian Cara alles, was sie über den tollsten Jungen in ganz Sweet Valley wußte.

3

»Schau sich einer nur diesen Papierberg an!« stöhnte Elizabeth. Es war Mittag, und sie saß im Büro des »Oracle« hinter einem langen Tisch, der über und über mit Haufen von Zeitungsausschnitten, getippten Manuskriptseiten und handschriftlichen Notizen übersät war. Auf den ersten Blick schien es unter all den Papieren keinerlei Ordnung zu geben, alles schien vollkommen zufällig herumzuliegen.

»Penny hat dir eine ziemliche Arbeit hinterlassen, was?« Mr. Collins, Englischlehrer an der Sweet Valley High und gleichzeitig Vertrauenslehrer für die Schülerzeitung, lächelte Elizabeth freundlich an und legte ihr tröstend eine Hand auf die Schulter.

Penny Ayala, Herausgeberin und Chefredakteurin des »Oracle« war nun schon seit einer Woche krank, und Elizabeth hatte sich bereit erklärt, sie zu vertreten. Das hieß, daß sie die nächsten Ausgaben selbständig würde zusammenstellen müssen. Es war ein ziemlich harter Job, aber dadurch, daß sie mit Mr. Collins zusammenarbeiten konnte, wurde die Arbeit doch erheblich angenehmer.

Der junge und ausgesprochen attraktive Roger Collins war mehr als einfach nur der beliebteste Lehrer an der Sweet Valley High. Für viele Schüler war er ein guter und zuverlässiger Freund. Sie konnten zu ihm gehen, wenn ihre Noten schlechter wurden oder wenn sie zu Hause Ärger hatten. Er hatte immer Verständnis und ein offenes Ohr für sie und half ihnen dabei, ihre Probleme durchzudenken und zu lösen.

Außerdem sah er so gut aus, daß viele der Mädchen in ihn verliebt waren.

Doch in diesem Augenblick war sich Elizabeth absolut nicht sicher, ob selbst ein Mr. Collins ihr aus ihrem Schlamassel helfen konnte. Wie sollte er wissen, wie man halbwegs Ordnung in dieses Chaos bringen konnte?

»Liz, mach einfach immer nur einen Schritt nach dem anderem. Was anderes wird dir auch wohl kaum übrig bleiben. Zuerst suchst du sämtliche Unterlagen heraus, die zu bereits erschienenen Ausgaben gehören. Dann das Material für die unmittelbar nächste Ausgabe, und am Schluß sortierst du die Artikel und Fotos für spätere Nummern aus. Danach mußt du die Unterlagen für die kommende Nummer sichten; du kannst ja Penny anrufen, wenn du auf irgend etwas stößt, mit dem du dann immer noch nicht zurechtkommst.«

Elizabeth nickte. »Ja, Sie haben wohl recht, Mr. Collins. Und je eher ich damit anfange, desto besser.« Und prompt machte sie sich an die Arbeit.

Als Mr. Collins schließlich ging, war Elizabeth gerade damit fertig geworden, den ersten Stapel Papiere auf dem Schreibtisch auszusortieren. Sie stürzte sich ohne Pause auf den nächsten Haufen. Oben auf diesem Stoß lag eine Schwarzweiß-Fotografie. Elizabeth nahm sie in die Hand, um sich das Bild besser anschauen zu können, und fing an zu lachen. Das Foto zeigte Tad Johnson, den 120-Kilo-Verteidiger der Sweet Valley High-Footballmannschaft, wie er einem winzig kleinen Teddy-Bären einen innigen Schmatzer gab! Im Hintergrund der Aufnahme konnte Elizabeth ihre Schwester und die anderen Cheerleaders erkennen, die sich eben auf das bevorstehende Spiel vorbereiteten.

»John«, rief sie, immer noch lachend. »Hast du das Foto hier geschossen?«

»Welches Foto?« John Pfeifer, der Sport-Redakteur des »Oracle« kam zu Elizabeths Tisch. Er sah sich das Foto an, das Elizabeth wieder auf den Schreibtisch gelegt hatte und lachte auch.

»Ich wünschte, ich hätte diesen einmaligen Schnappschuß geschossen.« Er tippte mit seinem Bleistift auf das Bild. »Das ist eine Super-Aufnahme, nur leider nicht von mir.«

»Was meinst du, von wem das Foto ist?« Elizabeth drehte das Bild um. Vielleicht stand ja auf der Rückseite irgendein Vermerk, doch da war nichts.

»Keine Ahnung«, antwortete John. »Und von Allen ist es auch nicht, das weiß ich ganz sicher. Also wieder ein Geheimnis.«

»Wieder ein Geheimnis? Was soll das heißen?« fragte Elizabeth.

»Ist doch einfach«, meinte John. »Das erste Geheimnis ist doch dieser Typ, der auf Lillians Party war, dieser Jack. Jeder stellt doch irgendwelche wilden Spekulationen auf, wer er wohl in Wirklichkeit ist und wo er herkommt. Ich habe sogar gehört, wie irgendwelche Leute gesagt haben, daß er ein verkleideter Prinz wäre, der sich hier umschauen will.«

Elizabeth verdrehte die Augen. »Ach du meine Güte! Jetzt ist er schon ein Prinz! Die Gerüchte werden langsam wirklich immer verrückter.«

»Wen überrascht das schon?« sagte John und zuckte mit den Schultern. »Wir wissen doch beide, daß die Sweet Valley High eine heißere Gerüchteküche als Hollywood ist.«

Elizabeth mußte ihm recht geben. Cara hatte Jessica noch am vergangenen Abend angerufen und ihr die großen Neuigkeiten mitgeteilt, und Jessica hatte keine Sekunde damit gewartet, zu ihrer Zwillingsschwester zu laufen und ihr ebenfalls die neuesten Enthüllungen über den großen Jack zu erzählen. Im Lauf des Morgens hatte sich die Nachricht an der ganzen Schule herumgesprochen: Jack war jemand. Aber *wer* er nun wirklich war, das allerdings blieb rätselhaft.

»Ich denke, wir sollten es drucken«, verkündete Elizabeth.

»Was? Die Gerüchte über Jack?« fragte John überrascht.

»Unsinn, das Foto. Ich rufe jetzt sofort Penny an und hole mir ihr Okay.«

Nach dem dritten Klingeln nahm Pennys Mutter den Hörer ab. »Hallo, Mrs. Ayala«, sagte Elizabeth, »hier ist Elizabeth Wakefield. Könnte ich vielleicht mit Penny sprechen?«

»Oh, hallo, Liz. Penny ist gerade erst wachgeworden. Sie wird sich bestimmt freuen, daß du anrufst. Bleib dran, ich trage das Telefon in ihr Zimmer.«

Penny hörte sich noch schwach und erschöpft an, doch sie schien gleichzeitig auch überglücklich zu sein, Neuigkeiten aus der Welt außerhalb ihres Krankenzimmers zu erfahren. Elizabeth erzählte ihr von allem, was sich an der Schule tat, einschließlich der Gerüchte um Lillians Prinzen, und beschrieb ihr dann die Fotografie, die sie gefunden hatte.

»Mann, das klingt ja wirklich wahnsinnig komisch, Liz. Natürlich mußt du das Foto bringen«, sagte Penny und lachte.

»Und du weißt selbst auch nicht mehr über die Aufnahme als ich?« erkundigte sich Elizabeth.

»Nein, ich habe keine Ahnung.«

Die beiden Mädchen stellten Vermutungen darüber an, wer der unbekannte Fotograf nur sein könnte, doch ihnen fiel keine gute Antwort auf diese Frage ein. Nachdem sie noch eine Weile über andere

Dinge im Zusammenhang mit dem »Oracle« diskutiert hatten, verabschiedeten sie sich.

»John«, rief Liz dann dem Sportredakteur zu, der wieder vor seinem Schreibtisch in der hinteren Ecke des Raumes saß, »Penny weiß auch nichts von diesem Foto. Aber ich wette, daß es eine vollkommen normale Erklärung für dieses kleine Rätsel gibt«, fuhr sie dann fort, während sie ein Blatt Papier in ihre Schreibmaschine einspannte. *Ein Kuß vor dem großen Spiel,* begann sie. *Endlich ist das Geheimnis um Tad Johnson's Erfolg auf dem Footballfeld gelüftet. Unbekannt ist jedoch immer noch die Identität des Fotografen, der diese Aufnahme geschossen hat. Könnte sich der Fotograf bitte bei der Redaktion melden?* Sie zog das Blatt aus der Schreibmaschine und heftete das Foto von Tad mit einer Büroklammer daran fest. Zumindest das war ein Geheimnis, das ganz bestimmt nicht für immer und ewig ungelöst bleiben würde.

Jessica betrachtete angewidert ein Schälchen mit reichlich matschig wirkendem Obstsalat. »Ekelhaft«, sagte sie zu Cara, die in der Schlange direkt hinter ihr stand. »Alle Welt behauptet doch, daß Kalifornien das Obst-Paradies dieser Welt sein soll. Warum bringen es die hier in der Cafeteria nicht fertig, uns etwas Besseres als diesen Mist vorzusetzen?«

»Na, du kannst ja jederzeit dein eigenes Essen mit in die Schule bringen, so wie Lillian zum Beispiel.« Cara deutete dorthin, wo das andere Mädchen saß. Lillian war gerade dabei, ihr Mittagessen auszupakken.

»Die Ärmste«, meinte Jessica spöttisch. »Wahrscheinlich muß sie schon wieder ein Kaviar-Sandwich hinunterwürgen.«

»Wenn man's hat, sollte man das auch ruhig zur

Schau stellen«, antwortete Cara und nahm sich einen Teller mit Makkaroni, die nicht appetitlicher als der Obstsalat wirkten. »Ich wüßte zu gern, woraus sie dieses Zeug machen«, meinte sie. »Wahrscheinlich aus Tapetenkleister oder so.«

»Sie protzt jedenfalls so gut sie kann«, sagte Jessica mißmutig. »Genauso, wie sie gestern den ganzen Nachmittag mit Jack geprotzt hat. Ich meine, sie hat ihn uns präsentiert, als wäre er so eine Art preisgekrönter Super-Pfau oder so.«

»Ja, ja, ich weiß«, pflichtete ihr Cara bei. »Aber im Augenblick sieht sie trotzdem nicht besonders glücklich aus.« Lillian saß allein an ihrem Tisch und machte einen abgespannten, müden Eindruck. Lustlos stocherte sie in ihrem Essen herum. »Wir sollten uns vielleicht zu ihr setzen und hören, was los ist.«

»Genau das machen wir«, erwiderte Jessica, stellte sich zweimal den Nachtisch auf ihr Tablett, kein Hauptgericht, und marschierte dann in Lillians Richtung los. Vielleicht, nur vielleicht, war Lillian ja jetzt so fix und fertig, weil Jack sie gestern abend später noch angerufen und ihre Verabredung, von der sie Cara am Telefon erzählt hatte, wieder abgesagt hatte. Und vielleicht hatte er ihr ja sogar gestanden, daß er sich für jemand anderen interessierte: für jemanden mit blonden Haaren und blaugrünen Augen und den Anfangsbuchstaben »J. W.« Vielleicht.

Gespannt hielt Jessica den Atem an, während sie und Cara mit ihren Tabletts zu Lillians Tisch gingen.

»Sieh mal an«, begrüßte Lillian sie frostig. »Wenn das nicht Benedict Arnold Wakefield und ihre Freundin Cara das Plappermaul sind!«

Jessica warf Cara einen vielsagenden Blick zu, dann schaute sie wieder Lillian an. »Ich weiß gar nicht, wovon du eigentlich sprichst«, antwortete sie zuckersüß, doch Lillian kaufte ihr ihr kleines Theaterspiel nicht ab.

»Oh, du weißt sehr wohl, was ich meine, du Verräterin. Du hast dich doch meinem Typ gestern nur so an den Hals geschmissen.«

Aha, das ist es also, dachte Jessica, aber sie schwieg dazu.

»Und du, Cara! Ich habe dir unter dem Siegel der Verschwiegenheit von Jack erzählt, und jetzt weiß es schon die ganze Schule«, fuhr Lillian fort. »Ich sollte mich vielleicht lieber mit einer ganzen Horde von Mörderwalen anfreunden als ausgerechnet mit euch beiden.«

Jessica stellte ihr Tablett Lillian gegenüber auf den Tisch. »Nun komm schon, Lillian. Ich wollte doch nur nett und freundlich zu deinem Ehrengast sein, und Cara fand das, was du ihr erzählt hast, so schrecklich aufregend, daß sie es einfach unbedingt jemandem weitererzählen mußte. Gerade du solltest das doch wohl verstehen können. Bei dir war es doch im Grunde auch nicht anders, stimmt's nicht?« Jessica war ein Profi darin, wenn es darum ging, Ausreden zu erfinden, doch das half ihr jetzt auch nichts.

»Jessica, die Menschenfreundin«, spottete Lillian und schob wütend eine Tasse mit Shrimp-Salat zur Seite.

»He, wenn du das nicht magst, dann nehm ich's dir gern ab«, meinte Cara. »Das Sandwich auch. Das Zeug ist bestimmt besser als meine Makkaroni hier.«

»Cara, nenn mir einen guten Grund, warum ich ausgerechnet dir irgendeinen Gefallen tun sollte«, fuhr Lillian sie an.

»Weil ich deine Freundin bin. Du weißt, daß das so ist. Hör mal, Lillian, wir wollten dich doch wirklich nicht verärgern. Ehrlich.« Cara streckte ihren Arm aus und legte Lillian eine Hand auf die Schulter. Lillian schüttelte sie wütend ab, doch einen Augenblick später schob sie Cara ihr Mittagessen schon über den Tisch zu. »Ich hab sowieso keinen Hunger«, brummte sie kaum hörbar.

»Ah! Der berühmte sprichwörtliche Olivenzweig. Ein Friedensangebot!« verkündete Jessica, streckte ihre Hand aus und bediente sich selbst bei dem Shrimp-Salat.

»Ihr hab ich das gegeben, nicht dir!« fuhr Lillian sie an.

»Okay, okay!« rief Jessica. »Ich weiß gar nicht, warum du heute so ein alter Miesepeter bist. Jack geht doch mit dir aus, oder etwa nicht?« Jessica hielt den Atem an und wartete auf eine negative Antwort, doch statt dessen nickte Lillian nur. »Er geht mit dir und nicht mit mir, richtig?« fuhr Jessica fort und hoffte, daß Lillian vielleicht irgend etwas falsch verstanden hatte.

»Ja, ich glaube schon«, bestätigte Lillian.

Jessica spürte, wie Zornesröte und Enttäuschung in ihrem Gesicht aufstieg. Jack ging also tatsächlich mit Lillian aus. Das hatte Jessica zwar nicht gerade hören wollen, aber das bedeutete noch lange nicht, daß damit die Schlacht schon vorüber war. Jessica hatte nämlich die feste Absicht, Jack für sich zu gewinnen. Jetzt mußte sie eben nur einen etwas raffinierteren Schlachtplan erfinden. Das war alles.

Im Augenblick jedoch beschäftigte sie mehr die Frage, aus welchem Grund Lillian wohl so niedergeschlagen und sauer war. Wenn Jack *sie* eingeladen hätte, dann würde sie ganz bestimmt nicht mit so einer Jammermiene durch die Gegend laufen.

»Also, was ist los, Lillian? Wenn Jack schon mit dir ausgeht, warum siehst du dann nicht ein bißchen glücklicher aus?« Jessica spießte wieder einen Shrimp mit ihrer Gabel auf, und dieses Mal protestierte Lillian nicht mehr. Statt dessen stützte sie ihren Kopf auf ihre Hände. Ihr hellbraunes Haar fiel ihr ins Gesicht.

»Los, Fowler, rück schon raus mit der Sprache«, drängte auch Cara. »Erzähl uns deine traurige Geschichte.«

Lillian hob ihren Kopf und starrte Cara an. »Interessiert dich das wirklich?«

»Ja!« riefen Jessica und Cara wie aus einem Mund. Sie brannten natürlich darauf, die letzten Neuigkeiten zu erfahren.

»Es geht um meinen Vater«, verriet Lillian ihnen. »Er ist total sauer auf mich.«

»Warum?« wollte Cara wissen und machte sich nun über Lillians Sandwich her. Es war tatsächlich Kaviar darauf.

»Nun, irgendwie ist während der Party diese kostbare Vase kaputt gegangen.« Lillian stöhnte. »Und dann ist das Abflußrohr des Pools verstopft. Aber das Schlimmste ist, daß Dads goldene Manschettenknöpfe und Krawattennadeln verschwunden sind.«

»Echt? Ohne Quatsch?« fragte Jessica. »Was denkst du denn, wer sie mitgenommen haben könnte?«

Lillian zuckte mit den Schultern. »Keine Ahnung. Ich glaube viel eher, daß sie irgendwie verlegt worden sind. Ihr wißt schon, das Zimmermädchen hat sie irgendwo anders hingelegt oder sowas in der Art.«

»Ja, ich kann mich noch gut daran erinnern, wie Bruce mir mal erzählt hat, daß das Smaragd-und-Platin-Collier seiner Mutter mal verschwunden war«, erzählte Jessica und warf einen Blick hin zu dem Tisch, an dem der reiche und attraktive Bruce Patman mit seinen Freunden von der Tennis-Mannschaft saß. »Irgendwann viel später haben sie es dann in der Kommode wiedergefunden, wo sie das Zeug für ihren Hund aufbewahren. Es sah ganz so aus, als hätte einer der Diener das Ding für ein Hundehalsband gehalten.«

Lillian und Cara lachten. »Wo wir gerade von Bruce sprechen«, sagte Cara zu Lillian, »wo war er denn eigentlich gestern? Ich habe ihn gar nicht auf deiner Party gesehen?«

»Konntest du auch gar nicht, denn ich hatte ihn nicht eingeladen«, antwortete Lillian. »Du würdest es nicht glauben, wenn ich dir erzähle, was sein Vater auf der letzten Sitzung des Gemeinderats über meinen Vater gesagt hat.«

»Verschone uns damit«, meinte Jessica. »Ich bin ganz sicher, daß wir die Geschichte schon mal gehört haben.«

Zwischen George Fowler und Henry Wilson Patman herrschte ein beständiger Kleinkrieg; beide waren sie unheimlich reich und sowohl geschäftlich als auch in allen anderen Bereichen erbitterte Kontrahenten. Mr. Fowler arbeitete unentwegt daran, Sweet Valley zu modernisieren, zu computerisieren, zu automatisieren, während Mr. Patman darum kämpfte, daß jeder Stein in ihrer Stadt haargenau auf der Stelle blieb, an der er schon zu seines Großvaters Zeiten gewesen war. Die Patman-Fowler-Fehde dauerte nun schon solange an, wie Jessica zurückdenken konnte. Sie hielt die ganze Geschichte für reichlich absurd, um nicht zu sagen, für langweilig und öde.

»Abgesehen davon«, fuhr Lillian fort und warf einen eiskalten Blick in Bruce' Richtung, »hat er mir gesagt, daß er etwas Besseres zu tun hätte, als seine kostbare Zeit bei einer kindischen Pool-Party zu verplempern. Er meinte, er hätte für das Sweet-Valley-Hundertjahrfeier-Komitee eine ungeheuer wichtige Arbeit zu Ende zu bringen.«

Bruce war erst kürzlich zum Präsidenten des Komitees gewählt worden und hatte dabei einen überwältigenden Sieg über Ken Matthews davongetragen, der ebenfalls kandidiert hatte. Allerdings war die Freude über seinen Sieg durch Regina Morrows Abreise in die Schweiz erheblich getrübt worden. Alle, und ganz besonders auch Jessica, waren sehr überrascht gewesen, als sich Bruce heftig in Regina verliebt hatte. Zum ersten Mal hatte es außer ihm selbst einen Menschen gegeben, der ihm tatsächlich etwas bedeutete und um den er sich Gedanken machte. Doch seit Regina abgereist war, war Bruce wieder ganz der alte. Er war egoistisch und ließ absolut keine Gelegenheit aus, mit seinem neuen Amt als Präsident des Schülerkomitees zur Hundertjahrfeier zu prahlen.

»Der verschluckt sich nochmal an seiner Wichtigkeit«, verkündete Jessica. »Aber was soll's?« Bruce stand auch bei Jessica nicht gerade hoch im Kurs, vor allem, nachdem ihre kurze, doch vielbeachtete Liebesgeschichte ein so katastrophales Ende gefunden hatte.

»Und außerdem kann Bruce mir sowieso gestohlen bleiben«, sagte Lillian. »Mich interessiert im Augenblick nur, was ich mit meinem Vater machen soll!« Frustriert und ein wenig wütend schlug sie mit der Hand auf den Tisch.

»Ich weiß gar nicht, weshalb du dir eigentlich solche Sorgen machst«, meinte Cara. »Dein Vater kann all den Kram doch mit Leichtigkeit ersetzen. Na ja, vielleicht nicht direkt diese kostbare Vase, aber er kann sich doch bestimmt eine ähnliche besorgen. Ich meine, es ist doch wohl wirklich nicht so, daß er sich das nicht leisten könnte.«

»Nein, nein. Ich glaube, du hast nicht verstanden, worum es eigentlich geht«, jammerte Lillian. »Es geht ja gar nicht um diese blöden Manschettenknöpfe, sondern darum, daß ich mich mit Jack treffe.«

»Was hat das denn damit zu tun?« wollte Jessica wissen. Plötzlich hatte sie schlechte Laune, nachdem sie wieder an Lillians Verabredung mit diesem geheimnisvollen, gutaussehenden Jungen erinnert worden war.

»Nun, es wäre sowieso schon schwer genug gewesen, meinem Dad von Jack zu erzählen, doch jetzt, wo er so sauer wegen dem Pool und allem ist, ist es einfach vollkommen unmöglich. Solange Jack sich nicht wieder mit seiner Familie aussöhnt, solange wird er bei meinem Vater niemals durchkommen. Ich traue mich nicht, auch nur ein Wörtchen von Jack zu verraten.«

»Das ist hart«, pflichtete Cara ihr bei. »Aber du wirst dich doch wohl dadurch nicht davon abhalten lassen, Jack zu sehen, oder?«

»Bist du verrückt?« antwortete Lillian trotzig. »Ich werde ihn jetzt nur eben heimlich treffen müssen. Nicht, daß das besonders schwer wäre.« In ihrer Stimme klang eine gewisse Verbitterung mit. »Dad ist ja sowieso kaum zu Hause.« Sowohl Cara als auch Jessica wußten nur zu gut, daß es Lillian kränkte, daß ihr Vater sich nur so wenig um sie kümmerte. »Na ja«, fuhr Lillian fort, »selbst wenn er zu Hause wäre – der wahren Liebe kann sich trotzdem nichts und niemand in den Weg stellen!«

Beinahe hätte Jessica sich am letzten Stück von Lillians Sandwich verschluckt. Wie kann man nur so naiv sein, dachte sie und musterte Lillian verstohlen. Wart's nur ab!

Jessica lag am Pool der Wakefields, neben sich den aufgeschlagenen Text von *Macbeth*. Zuallererst war sie entsetzt gewesen, als sie in Englisch anfingen, Shakespeare durchzunehmen und seine Stücke zu lesen. Doch zu ihrer eigenen Überraschung schien dieses spezielle Stück gar nicht so übel zu sein. Es kamen Hexen darin vor und Magie und Zauberei. Und diese Lady Macbeth war eine wirklich faszinierende Persönlichkeit, zumindest nach Jessicas Meinung. Sie war gemein, mies und ekelhaft, aber trotzdem faszinierend.

Doch jetzt konnte sich Jessica nicht mehr richtig auf ihre Lektüre konzentrieren. Immer wieder sah sie Jacks sonnengebräuntes Gesicht vor sich und dieses ganz besondere Lächeln, das er ihr geschenkt hatte, als sie die Party verließ. Dieses Lächeln mußte einfach etwas zu bedeuten haben! Aber warum hatte er sich dann mit Lillian verabredet und nicht mit ihr? Jessica zermarterte sich den Kopf nach einer plausiblen Erklärung. Was hatte Lillian, das sie nicht besaß? Sie machte sich in Gedanken eine Liste: Erstens: Berge von Geld. Zweitens: Tonnen von Geld. Drittens: Haufenweise und haufenweise Geld.

Elizabeth sagte ihr zwar immer wieder, daß Geld nicht das Wichtigste auf der Welt wäre, doch Jessica war sich da nicht so sicher. Auf jeden Fall konnte Geld einem manches erleichtern. Aber war das der Grund, warum Jack mit Lillian ausgehen wollte? Das ergab doch überhaupt keinen Sinn. Jack war doch extra von zu Hause weggegangen, weil er etwas eigenes leisten wollte! Nein, es mußte etwas anderes dahinterstecken.

Im Haus hörte sie das Telefon leise klingeln. Jessica setzte sich kerzengerade hin und hielt den Atem an. Vielleicht war das der Anruf, auf den sie schon so sehnsüchtig gewartet hatte. Es wurde wieder ruhig, und gleich darauf tauchte Alice Wakefield, die Mutter der beiden Zwillinge, auf der Veranda auf.

»Jessie«, rief Mrs. Wakefield, »für dich!«

Jessica stürmte ins Haus und in das Arbeitszimmer ihres Vaters. Ehe sie den Hörer in die Hand nahm, versuchte sie, sich wieder ein bißchen zu beruhigen. »Ja, hallo?« meldete sie sich.

»Hi, Jessica«, klang eine männliche Stimme aus dem Hörer. »Ich bin's, Jack.«

Ein Lächeln breitete sich auf Jessicas Gesicht aus. »Jack! Was für eine angenehme Überraschung. Wie geht's dir denn?«

»Gut, und dir?«

»Prima«, antwortete Jessica. »Was ist denn los?«

»Ich hab mich gefragt, ob du vielleicht Lust hast, irgendwann diese Woche mit mir auszugehen«, erklärte Jack.

»Hm.« Jessica versuchte so cool, wie sie eben konnte, zu wirken. »Hast du schon an einen bestimmten Abend gedacht?«

»Wie wär's denn mit übermorgen?«

Mittwoch, rechnete Jessica schnell. Da würde sie ihn noch zwei Tage vor Lillian wiedersehen. »Ja, Mittwoch ist mir recht.«

»Dann hole ich dich so gegen acht Uhr bei dir zu Hause ab. Wir überlegen uns dann, wozu wir Lust haben.«

»Ja, toll«, erwiderte Jessica. Sie unterhielt sich noch ein bißchen mit ihm und gab ihm schließlich ihre Adresse.

»Gut, wir sehen uns also am Mittwoch«, schloß Jack. »Ich freue mich schon drauf.«

»Ich auch«, antwortete Jessica.

»Bis dann, Jessie. Mach's gut.«

»Das werde ich tun, Jack. Wir sehen uns dann.«

Jessica legte den Hörer auf und stieß einen kleinen Freudenschrei aus.

»Jessie, warum kreischst du hier so rum?« rief Mrs. Wakefield aus dem Nachbarzimmer.

»Ach, nur so, Mom«, rief Jessica zurück. Nur wegen des absolut sagenhaftesten, charmantesten, geheimnisvollsten, aufregendsten Typs auf der ganzen Welt, setzte sie für sich selbst hinzu. Sollte Lillian doch heimlich hinter dem Rücken ihres Vaters mit Jack zu einer Verabredung schleichen! Jessica war fest davon überzeugt, daß sie das nicht besonders lange machen würde. Denn schon sehr bald würde Jack aus Jessicas Hand fressen und Lillian würde dann nicht mehr für ihn sein, als nur irgendein Name aus seiner Vergangenheit.

4

»Na, wie sieht das aus?« Jessica stand in in der Mitte von Elizabeths Schlafzimmer und führte ihrer Schwester ein aufreizendes dunkelblaues Kleid vor. In weichen, fließenden Falten fiel es ihr bis kurz über die Knie. An beiden Seiten hatte es Schlitze, die gut bis zur Hälfte ihrer Oberschenkel reichten. »Lässig und doch ausgesprochen elegant, stimmt's nicht?«

»Stimmt«, antwortete Elizabeth und blickte von einem Artikel für die nächste Ausgabe des »Oracle« auf. »Genau deswegen habe ich mir dieses Kleid ja auch letzte Woche gekauft.«

»Und sexy ist es auch noch«, fuhr Jessica ungerührt fort.

Elizabeth legte ihre Arbeit zur Seite. »Ja, Jessie, es sieht absolut wahnsinnig aus, aber wie kommst du eigentlich auf die Idee, daß du es anziehen darfst?«

Jessica musterte sich gründlich in dem großen Spiegel, der auf der Innenseite von Elizabeths Kleiderschranktür angebracht war. »Tja, du gehst doch heute abend nicht aus, soweit ich weiß, was wiederum bedeutet, daß du selbst das Kleid heute nicht anziehen wirst«, folgerte Jessica. »Und da habe ich mir eben gedacht ...«

»Genau das, was du dir immer denkst, nehme ich an. Daß du nämlich einfach hier hereinspaziert kommen kannst und dir von meinen Sachen nimmst, was dir gefällt.«

»He, he, was ist denn heute abend mit dir los? Meine Güte, bist du empfindlich!« Jessica warf ihrer Schwester einen verärgerten Blick zu. »Du stellst dich doch sonst nicht so mit deinen Klamotten an. Wenn ich geahnt hätte, daß du einen Anfall bekommst, dann hätte ich das Kleid gar nicht erst angezogen. Seit die Leute dich dazu überredet haben, noch mehr für den »Oracle« zu schreiben,ist mit dir echt nichts mehr los.«

Elizabeth beobachtete, wie ihre Schwester langsam das Kleid wieder auszog. »Zu deiner Information, Schwesterchen, man hat mich zu gar nichts überredet oder gezwungen. Ich wollte Penny helfen. Das ist eine ausgezeichnete Gelegenheit für mich zu lernen, wie die Zeitung zustande kommt. Aber vielleicht hast du trotzdem recht. Vielleicht bin ich wegen all der zusätzlichen Arbeit wirklich etwas angespannt und gereizt.« Elizabeths Stimme wurde sanfter. »Und es tut mir leid, wenn ich dich angefahren habe. Ich mußte nur an das letzte Mal denken, als ich dir was zum Anziehen geliehen habe und es dann ein paar Tage später zu einem kleinen Ball zusammengeknüllt unter deinem Bett wiedergefunden habe.«

Jessica machte Anstalten, das Kleid wieder anzuziehen. »Oh, ich verspreche dir hoch und heilig, daß ich auf das Kleid hier ganz besonders gut achtgeben werde, Lizzie. Wenn ich heute abend zurückkomme, hänge ich es sofort wieder ordentlich in deinen Kleiderschrank. Wirklich, ich versprech's.«

»Und wenn nicht, versprichst du mir dann wenigstens, daß du für eine Woche meine Hausarbeit übernimmst?«

Jessica dachte einen Augenblick lang nach. »Hm, so weit würde ich nicht unbedingt gehen.«

»Jessie ...«

»Also, jetzt hör mir doch mal zu. Ich gebe dir mein ganz großes Ehrenwort, daß ich dir dein Kleid in absolut demselben Zustand zurückgebe, in dem ich es bekommen habe.«

»Na schön.« Elizabeth gab sich geschlagen. »Aber ich will dir nur noch eins sagen: Ich wünschte, du würdest das Kleid zu einer besseren Gelegenheit anziehen.« Sie ließ sich in die dicken Kissen auf ihrem Bett zurücksinken.

»Aha!« rief Jessica und wirbelte zu ihrer Zwillingsschwester herum. »Das ist also der wahre Grund, warum du heute abend so griesgrämig bist. Du hast immer noch was gegen Jack.«

Elizabeth zuckte nur mit den Schultern.

»Nun verrat mir doch, was du eigentlich gegen ihn hast, Liz. Du hast ihn ja selbst kennengelernt und du mußt zugeben, daß er wirklich etwas ganz Besonderes ist. Ist er nett und attraktiv oder nicht?«

Elizabeth nickte.

»Und freundlich und höflich und fein ist er auch.«

»Vermutlich.«

»Und charmant. Und witzig. Lizzie, all die anderen fanden ihn einfach toll.«

»Ich weiß, Jessie. Und das ist er höchstwahrscheinlich ja auch, aber ...«

»Aber was?« wollte Jessica aufgebracht wissen. Sie ließ sich neben ihre Schwester auf das Bett fallen. »Sonst bist du immer diejenige, die mir dauernd predigt, daß man jedem Menschen eine Chance geben müßte. Diejenige, die immer nur das Beste von anderen Leuten denkt. Und warum ist das ausgerechnet bei Jack anders? Das paßt gar nicht zu dir.«

»Ich weiß«, gab Elizabeth zu. »Aber ich habe so ein komisches Gefühl, wenn ich an ihn denke. Ich meine, klar, ich habe auch gesehen, daß er sich wie ein perfekter Gentleman benimmt und so, aber was ist das für ein Typ, der gleichzeitig mit zwei Mädchen ausgeht?« Elizabeth spielte nervös am Saum ihres gelben Sommerkleides und vermied es, ihre Schwester anzusehen. Sie wußte, daß sie Jessica damit weh tat und daß die wahrscheinlich sauer sein würde. Doch an diesem Jack war einfach irgend etwas, das ihr seltsam vorkam. Sie wußte nur noch nicht genau, was.

»Verstehst du denn nicht?« fragte Jessica ungeduldig. »Genau aus diesem Grund geht er mit Lillian aus. Weil er eben ein vollkommener Gentleman ist. Sie hat ihn schließlich mit allen Leuten bekannt gemacht, und sie hat seinetwegen die Party veranstaltet. Da ist es wohl das mindeste, was er ihr schuldet, daß er ein einziges Mal mit ihr ausgeht.«

Elizabeth schaute ihre Schwester zweifelnd an.

»Liz, sieh mich bitte nicht so an! Es ist schon alles in Ordnung. Ich bin ganz sicher, daß ich diejenige bin, die er wirklich mag.«

Elizabeth stand auf und streckte sich. »Ich hoffe für dich, daß du recht hast. Ich möchte nicht, daß man dir weh tut, Jessie, und wenn du ehrlich bist, mußt du doch zugeben, daß du von Jack gar nichts weißt.«

Jessicas Augen wurden zu schmalen Schlitzen, und sie war so wütend, daß sie Liz fast anschrie. »Wie kann meine eigene Schwester nur so bescheuert sein? Das Geheimnis, das Jack umgibt, ist doch gerade der Grund, warum er so interessant und aufregend ist!«

»Aber warum hat er das nötig?« Elizabeth machte einen letzten Versuch, vernünftig mit ihrer Schwester zu reden. »Was hat er zu verstecken?«

Jessica sprang auf, ging zu Elizabeth und packte sie am Arm. »Jetzt hör mir mal genau zu, meine Liebe. Mir ist es total egal, wenn du zu den Leuten gehörst, die immer schon im voraus wissen wollen, was auf sie zukommt. Das ödet mich an, echt! Ich brauche was anderes, Abwechslung und ein paar kleine Tricks und so, das macht das Leben doch erst interessant! Und jetzt, Miss Obernörglerin, kannst du alle deine Sorgen und Bedenken für dich behalten.«

Jessica machte auf dem Absatz kehrt und marschierte wütend aus dem Zimmer.

Elizabeth seufzte tief. Sie hatte sich ja gar nicht wie eine alte Glucke aufspielen wollen, aber Jessica konnte sagen, was sie wollte, sie, Liz, hatte immer noch ein ganz komisches Gefühl im Bauch, wenn sie an diesen Jack dachte. Ich wette, dachte sie, daß Jessica am Ende nichts als einen Haufen Schwierigkeiten und Probleme kriegen wird!

Punkt acht Uhr läutete es an der Haustür. Jessica rannte los, um zu öffnen. Auf ihrem Gesicht lag ein strahlendes Lächeln. Und als sie dann die Tür erreicht hatte und Jack vor ihr stand, strahlte sie sogar noch mehr. Er wirkte so toll, als wäre er gerade einem Herrenmode-Magazin entstiegen. Er lächelte Jessica an und blickte sie so fasziniert an, als könnte er sich an ihr nicht satt sehen.

»Hier, Jessie, weil du so hübsch bist«, meinte er und hielt ihr eine einzelne, langstielige Rose entgegen.

»O Jack. Das finde ich aber nett von dir!« Jesssica nahm die Rose und roch daran. »Sie ist wunderschön.«

Jack hatte Jessica die ganze Zeit nur angeblickt.

»Ach du meine Güte!« sagte Jessica plötzlich. »Entschuldige, daß ich dich so habe stehen lassen! Warum kommst du nicht herein? Mom und Dad werden sich bestimmt freuen, dich kennenzulernen.« Sie nahm Jack am Arm, und in der anderen Hand hielt sie die Rose. Dann führte sie ihn in das Wohnzimmer der Wakefields. »Mom, Dad, darf ich euch Jack vorstellen?« meinte sie stolz.

Mr. Wakefield stand vom Sofa auf und hielt dem Jungen seine Hand hin. Falls ihm aufgefallen war, daß Jessica den jungen Mann lediglich mit seinem Vornamen vorgestellt hatte, dann ließ er sich zumindest nichts anmerken. »Nett, Sie kennenzulernen«, sagte er herzlich.

»Ich freue mich auch, Ihre Bekanntschaft machen zu dürfen, Mr. Wakefield. Und ebenfalls die Ihre, Mrs. Wakefield.« Jack schüttelte beiden Eltern die Hände.

»Oh, hast du Jessica eine Rose mitgebracht?« fragte Mrs. Wakefield, als sie die Blume bemerkte. »Wie reizend von dir.«

Jessica hörte schweigend zu, während sich Jack mit ihren Eltern unterhielt. Sie schienen von seinem Charme ganz hingerissen zu sein. Wirklich, Elizabeth sah mal wieder Gespenster! Bewundernd blickte Jessie Jack an.

Jack reagierte auch prompt darauf, indem er näher zu ihr trat und seinen Arm um ihre Schulter legte. Jessica fühlte sich wie elektrisiert, als sie seine Berührung spürte.

»Bist du so weit? Sollen wir jetzt gehen?« fragte Jack.

»Na klar, ich bin fertig«, antwortete Jessica. Sie brannte darauf, endlich mit ihm allein zu sein.

Die beiden machten sich auf den Weg. Es war ein milder Abend, und Jessicas Herz klopfte wie verrückt vor lauter Aufregung. Über ihnen hing der Mond groß und voll am Himmel.

»Das ist genau der richtige Abend für einen Spaziergang am Strand«, stellte Jack fest. Er hatte seinen Arm immer noch um Jessicas Schultern gelegt. »Meinst du nicht auch?«

Jessica nickte nur und schmiegte sich dichter an ihn. Das schien ja haargenau der Abend zu werden, den sie sich erträumt hatte.

Jack führte sie zu dem schon ziemlich verrosteten

Rambler, der vor dem Haus der Wakefields geparkt war, und schloß die Beifahrertür auf. »Ich würde dir ja gern ein etwas stilvolleres Gefährt anbieten«, entschuldigte er sich, »aber als ich von zu Hause weg war, habe ich mir nur noch so etwas leisten können.« Er hielt die Tür auf und machte eine einladende Handbewegung.

Jessica stieg so elegant in den alten Wagen ein, als wäre er ein Rolls Royce. Mehr als einmal hatte sie Elizabeth gesagt, daß sie lediglich in den besten Autos fuhr und daß man sie unter Garantie niemals in so einer alten Klapperkiste wie dem gebrauchten alten Datsun sehen würde, mit dem Ted durch die Gegend kutschierte. Doch auf einmal kam ihr Jacks alter Rambler wie das vornehmste Auto von ganz Kalifornien vor.

»Mir gefällt dein Wagen«, sagte sie zu Jack, während sie den Calico Drive hinunterfuhren und dann auf die Straße zum Strand abbogen. »Wenn er für dich gut genug ist, dann ist er es auch für mich.«

»Du bist lieb, Jessie.« Eine leichte Brise zerzauste Jacks Haar. »Ich habe jeden einzelnen Cent für diese Karre selbst verdient«, erzählte er. »Es gibt wirklich nicht Besseres, als sich aus eigener Kraft sein Leben zu verdienen.«

»Ja, deshalb bin ich ja auch gar nicht mehr so gern auf der Schule«, behauptete Jessica. »Ich hänge doch in jeder Beziehung von meinen Eltern ab. Wenigstens hilft es mir, wenn ich ab und zu mal Babysitter mache oder andere Jobs annehme.« Jessica verschwieg natürlich vornehm, daß ihre Erfahrungen mit Jobs neben der Schule auf ein kurzes Gastspiel als Bürogehilfin in der Anwaltskanzlei ihres Vaters begrenzt waren. Sie hatte es genau eine Woche lang durchgehalten, und das auch nur, weil sie einen unheimlich netten Jungen kennengelernt hatte.

Aber dieser Abend war wohl kaum der geeignete Zeitpunkt für solche Geständnisse. Nach allem, was Jack ihr bis jetzt erzählt hatte, standen Unabhängigkeit und Selbständigkeit auf seiner persönlichen Prioritätenliste ganz weit oben. Und Jessica wollte natürlich so tun, als sie das bei ihr genauso.

Die niedrigen, ausgedehnten Sanddünen waren ein Zeichen dafür, daß sie den Strand erreicht hatten. Das Strandgras stach deutlich vor dem blauschwarzen Hintergrund des Abendhimmels ab, und nur hin und wieder fiel das Licht eines einsamen Hauses am Strand auf die Straße. Jessica konnte hören, wie sich die Wellen am Strand brachen, und der unverkennbare Geruch nach Salz und Meer zog ihr in die Nase.

Die Straße führte zu einem Parkplatz direkt am Meer. Niemand sonst war dort. Jack schaltete den Motor aus und stieg aus dem Wagen. Wieder kam er um das alte Auto herum und öffnete die Beifahrertür für Jessica.

»Madam?« alberte er und bot ihr seinen Arm an.

Jessica hakte sich bei Jack ein, und dann gingen sie los. Nach ein paar Schritten zog Jessica ihre Sandalen aus.

»Gute Idee«, meinte Jack und folgte ihrem Beispiel. Er ließ seine Schuhe am Rand des Parkplatzes stehen und kam dann zu ihr auf den Sand.

Eine leichte Brise blies den beiden entgegen, während sie am Strand entlangspazierten. »Ich mag das Meer«, meinte Jack schließlich. »Es ist so gewaltig, und man selbst kommt sich daneben so winzig vor. Verstehst du, was ich meine?«

»Hm.« Jessica nickte. »Aber gleichzeitig hat das Meer irgend etwas, durch das man sich unheimlich lebendig fühlt.« Sie streckte einen Fuß aus, so daß das kalte Wasser über ihre nackten Zehen spülen konnte. »Oh, das ist kalt«, rief sie und schmiegte sich wieder enger an Jack.

Jack nahm sie fest in seine Arme, und Jessica legte ihren Kopf an seine Brust. Eine ganze Weile schwiegen sie beide, fühlten sie einfach nur die Nähe des anderen und hingen ihren Gedanken nach. »Ich kann es mir gar nicht vorstellen, daß ich jemals sehr weit weg vom Meer leben sollte«, meinte Jack schließlich.

»Ich auch nicht«, pflichtete Jessica ihm bei und rieb langsam mit ihrer Handfläche über seine Rücken. »Heißt das, daß du hier an der Westküste aufgewachsen bist?« fragte sie neugierig.

Jack wich ihrer Frage geschickt aus. »Nein, nicht direkt.«

»Ach, dann bestimmt an der Ostküste.«

»Hör mal, ich möchte lieber nicht darüber sprechen«, erklärte Jack. Jessica spürte, wie er sich ein bißchen von ihr löste.

»Okay, tut mir leid«, sagte Jessica schnell. Ihr Tonfall jedoch verriet ganz deutlich an, daß sie verletzt war.

»Ach, Jessie.« Jetzt schien Jack ein schlechtes Gewissen zu haben. »Nein, ich bin derjenige, dem es leid tun muß. Bitte, du mußt versuchen, mich zu verstehen. Ich wollte dir wirklich nichts. Es ist eben nur, daß ich mir so unwahrscheinliche Mühe gebe, mein altes Leben zu vergessen, es hinter mir zu lassen. Ich glaube, ich spreche einfach nicht besonders gern darüber.«

Das ist ja wohl die Untertreibung des Jahres, dachte Jessica. Doch als Jack sie dann von neuem in seine Arme zog, hatte sie ihm sofort wieder verziehen.

»Abgesehen davon«, flüsterte Jack ihr ins Ohr, »ist es doch viel interessanter, über dich zu reden. Es gibt so unendlich viele Dinge, die ich gerne über dich erfahren würde.«

»Ach, ist das so?« Jessica spürte, wie ein Gefühl der Hochstimmung durch ihre Adern jagte.

»Natürlich ist das so. Zum Beispiel würde ich wirklich unheimlich gern wissen, wie es ist, wenn man als Zwilling aufwächst.«

Jessica lachte. »Ja, das fragen sich eine ganze Menge Leute. Meistens ist es einfach super. Liz ist die beste Schwester, die man sich überhaupt vorstellen kann. Und manchmal ist es sogar ausgesprochen praktisch, wenn man jemanden hat, der einem bis aufs Haar gleicht.«

Sie erzählte Jack die Geschichte, wie sie einmal durch einen Typ vom College beinahe ganz schön in die Patsch geraten wäre. Er hatte sie zu einer Strandfete eingeladen, sie aber in einer Hütte sitzen lassen und sich geweigert, sie wieder nach Hause zu bringen, als Jessica nicht so wollte wie er. Jessica hatte es nicht geschafft, rechtzeitig am nächsten Morgen zur Schule zu kommen, und Elizabeth hatte sie nicht nur bei ihren Eltern gedeckt, sondern hatte noch eine Prüfung für sie mitgeschrieben. Einmal als sie selbst und ein zweites Mal als Jessica!

»Mann, ich kann dir sagen, Lizzie war vielleicht sauer auf mich, als ich schließlich doch wieder auftauchte!« meinte Jessica.

Sie unterhielten sich über Jessicas Familie, über ihre Freunde und über die Schule. Jack war einfach an allem interessiert. Natürlich redete Jessica nur allzu gern über sich selbst, aber irgendwann fand sogar sie selbst, daß sie für einen Abend mehr als genug von sich berichtet hatte. »Und damit enden die Erzählungen der Jessica Wakefield!« schloß sie und legte ihren Arm um Jacks Taille. Deutlich konnte sie seine Muskeln unter dem dünnen Baumwollstoff spüren.

»Du bist wirklich eine großartige Geschichtenerzählerin, Jessie«, sagte Jack, und seine Stimme klang ein bißchen rauh. »Ich glaube, ich werde einen Stern nach dir benennen.« Sie blickten beide zum Himmel hinauf. Es war inzwischen ganz klar, und über ihnen funkelten und blitzten Tausende von Sternen wie Diamanten. »Der da«, rief Jack schließlich und zeigte auf einen bestimmten Stern. »Weil er heller und strahlender ist als all die anderen.«

Jessica protestierte. »Aber Jack! Das ist doch der Polarstern!«

»Nicht für mich, Jessie. Für mich ist das nicht der Polarstern. Jetzt nicht mehr.« Jack strich mit den Fingerspitzen über Jessicas Wange. »Von jetzt an heißt dieser Stern nur noch ›Jessica‹, und jedesmal, wenn ich ihn sehe, werde ich an dich und an diesen wunderbaren Abend mit dir denken.«

Jessicas Herz machte einen Salto nach dem anderen. Ihr Puls ging wie verrückt. Das mußte einfach die wahre Liebe sein! Jessica blickte zu Jack hoch und musterte aufmerksam sein Gesicht.

Langsam, behutsam und zärtlich senkte er dann seine Lippen auf ihren Mund. Der Kuß schien Jessica kein Ende zu nehmen.

5

Gedankenverloren trat Elizabeth gegen einen Stein, während sie am folgenden Nachmittag von der Sweet Valley High zum Haus von Penny Ayala ging. Bei sich hatte sie Aktenmappen mit dem Material für die nächste Ausgabe des »Oracle«. Nachdem Pennys Krankheit jetzt nicht mehr ansteckend war, wollte Elizabeth das mit ihr durchsprechen, was sie bis jetzt erledigt hatte.

In eine der Aktenmappen hatte Elizabeth all die Fotografien gelegt, die sie in der nächsten Nummer bringen wollte. Dabei befanden sich auch das Foto von Tad Johnson und noch zwei weitere »Phantom-Bilder«, die urplötzlich und wie aus dem Nichts auf ihrem Schreibtisch aufgetaucht waren. Das erste dieser beiden neuen Fotos zeigte Mr. Cooper, den Direktor der Sweet Valley High, wie er unter einem Schreibtisch hockte und scheinbar irgend etwas jagte. Auf diesem Bild sah er gar nicht mehr so würdevoll wie sonst aus. Auf der zweiten Aufnahme, die Elizabeth erst an diesem Morgen auf ihrem Tisch entdeckt hatte, war Bob Russo zu sehen. Er war der strengste und härteste Lehrer der ganzen Schule. Er saß auf der Wiese vor dem Schulgebäude und streichelte ein winziges, bezauberndes Kätzchen. Während er für gewöhnlich finster und ernst dreinblickte, machte er da einen ganz gelösten Eindruck.

Elizabeth dachte über diese beiden Fotografien nach, als sie in die Einfahrt einbog, die zu dem weißen Haus der Ayalas führte. Sie hatte absolut keine Ahnung, wer der Fotograf sein konnte, doch sie hätte es zu gern herausgefunden. Mit Sicherheit besaß der

Unbekannte Talent, und der »Oracle« konnte einen zweiten festen Fotografen gut gebrauchen.

»Hallo?« rief Elizabeth durch die Fliegengitter und klopfte gegen den Türrahmen.

»Hallo«, antwortete ein kleines, dunkelhaariges Mädchen und öffnete die Tür. »Komm doch rein«, lud sie Liz mit freundlicher Stimme ein. »Ich bin Pennys Schwester, Tina.«

Elizabeth erkannte das Mädchen wieder. Sie hatte es schon in der Schule gesehen. Das Mädchen gehörte zu den Kleineren und ging in die neunte Klasse, glaubte Elizabeth. »Ich bin Liz Wakefield«, stellte sie sich vor.

»Ich weiß.« Tina grinste. »Jeder in ganz Sweet Valley kennt dich und deine Schwester Jessica.«

Elizabeth errötete leicht. »Ich hab dich auch schon gesehen«, erwiderte sie, »aber ich wußte nicht, daß du Pennys Schwester bist. Ihr seht euch gar nicht ähnlich.« Penny war groß und schlaksig und hatte blonde Haare. Tina hingegen war ausgesprochen klein, dunkelhaarig und etwas untersetzt. Auf der Nase hatte sie jede Menge Sommersprossen.

»Ja. Manchmal kann ich es selbst kaum begreifen, daß wir beide Schwestern sein sollen.«

Während sie sich unterhielten, führte Tina Elizabeth in den ersten Stock hinauf und vor eine Tür, die über und über mit den Titelseiten von Tageszeitungen aus der ganzen Welt beklebt war. Elizabeth wußte, daß es Pennys größter Traum war, später einmal Redakteurin einer internationalen Zeitung zu werden. Zum Beispiel bei der weltberühmten *Herald Tribune*. Sie wünschte sich das ebenso sehnlich, wie Elizabeth eine bekannte Schriftstellerin werden wollte. Penny gehörte zu den wenigen Menschen, denen Elizabeth von ihrem geheimen Wunsch erzählt hatte, denn Pennys Pläne gingen schließlich in eine ähnliche Richtung.

Tina Ayala machte die Türe zum Zimmer ihrer Schwester auf. »Pen?« rief sie. »Liz Wakefield ist gekommen, um dich zu besuchen.«

Elizabeth trat in das Zimmer. Genau wie Pennys Schreibtisch im Büro des »Oracle« war auch hier jeder Zentimeter Ablagefläche mit Notizblöcken, Zeitungen, Blättern, Bleistiften und Kugelschreibern übersät. Ein überfülltes Bücherregal auf dem neben Büchern und Lexika noch jede Menge anderer Krimskrams verteilt war, nahm eine ganze Wand des Zimmers ein.

Penny richtete sich in ihrem Bett auf. Sie hatte sich zwei dicke Kissen unter den Kopf gelegt. Sie war sehr blaß, und unter ihren Augen lagen dunkle Ringe. Trotzdem lächelte sie ihre Besucherin freudestrahlend an. »Liz, du ahnst ja gar nicht, wie sehr ich mich freue, dich zu sehen. Komm, hol dir einen Stuhl neben mein Bett.« Sie deutete auf einen Sessel, der in der Nähe ihres Bettes stand.

»Ich lasse euch beide jetzt wieder allein«, entschuldigte sich Tina, als Elizabeth zu Penny hinüberging. »Tschüß, Liz.«

»Wir sehen uns in der Schule, Tina«, antwortete Elizabeth. Sie legte ihre Aktenordner auf den Teppich und ließ sich in den Sessel sinken. »Wie geht's dir denn jetzt wieder, Pen?« fragte sie.

Penny verzog das Gesicht. »Mir geht es wieder besser, wenn ich es endlich schaffe, länger als eine halbe Stunde wach zu bleiben«, antwortete sie trocken. »Jedesmal, wenn ich versuche zu lesen, endet es damit, daß ich wieder einschlafe, ehe ich mich versehe. Und beim Fernsehen geht es mir auch nicht viel besser. Der Arzt meint, daß es mir nächste Woche wahrscheinlich schon wieder erheblich besser gehen wird. Vielleicht kann ich dann sogar schon wieder in die Schule kommen.«

Mitfühlend schüttelte Elizabeth den Kopf. »Es gibt nichts Schlimmeres auf der Welt, als im Bett liegen zu müssen und nichts tun zu können, stimmt's nicht?«

»Das kannst du laut sagen«, bestätigte Penny. »Aber jetzt, wo du hier bist, habe ich ja jemanden, der mir helfen kann wach zu bleiben, für eine Weile wenigstens. Was hast du mir denn Schönes mitgebracht?«

»Ich fürchte, ich habe mehr als genug mitgebracht, um dich bis zum Ende der nächsten Sommerferien beschäftigt zu halten«, sagte Elizabeth. »Penny, ehrlich, ich begreife einfach nicht, wie du es nur schaffst, immer auf dem laufenden zu bleiben und es jedesmal wieder rechtzeitig zum Drucktermin eine Zeitung zustande zu bringen. Und das jede Woche.«

»Ach, man gewöhnt sich dran«, sagte Penny leichthin und griff nach dem Material, das Elizabeth ihr hinhielt.

»In dem obersten Ordner sind all die Sonderartikel«, erklärte Elizabeth, »einschließlich einer Story, um die ich Sandra Wilson gebeten habe. Sie hat über den Flugkurs geschrieben, an dem sie und noch ein paar Leute aus der Schule teilnehmen. Du weißt schon, zusammen mit Studenten vom College.«

Penny öffnete aufgeregt die Mappe. Sie kam Elizabeth wie ein Kind vor, das endlich am Weihnachtsmorgen seine Geschenke auspacken durfte. »Mir war ja gar nicht bewußt, wie sehr ich die Arbeit an der Zeitung vermisse«, meinte Penny. »Weißt du, jedesmal, wenn sich der Redaktionsschluß nähert, reiße ich mir fast ein Bein aus, um noch rechtzeitig fertigzuwerden, und dann frage ich mich immer wieder, ob ich das wirklich für den ganzen Rest meines Lebens mitmachen will. Eine Zeitung nach der anderen, immer und immer wieder derselbe Streß. Aber jetzt vermisse ich diese wahnsinnige Energie und den ungeheuren Einsatz all der Leute, die zusammenarbeiten, um etwas herauszubringen, auf das sie wirklich stolz sein können.«

Dann nahm Penny Sandras Artikel in die Hand und begann zu lesen. »He, das ist ja wirklich gut!« sagte sie nach einer Weile. »Ich wußte gar nicht, daß Sandra so gut schreiben kann!«

»Sie hat früher immer geschrieben«, erklärte Elizabeth, »bevor sie soviel abgenommen hat. Erinnerst du dich noch? Damals, als sie noch die Zielscheibe für sämtliche dummen Witze und nicht so ein attraktives Mädchen war, mit dem jeder Junge liebend gern ausgehen möchte.«

Penny nickte.

»Sie hat damals geschrieben, weil sie irgendein Ventil brauchte, um all ihre Frustrationen und Komplexe loszuwerden«, erklärte Elizabeth. »Und als ihr Leben sich dann so total geändert hat, hat sie auch mit dem Schreiben aufgehört. Ich versuche sie zu ermutigen, daß sie wieder damit anfängt. Es lohnt sich bei ihr.«

»Ja, das stimmt«, gab Penny ihr recht. »Sie hat einen unheimlich guten, flüssigen Stil.« Sie las Sandras Artikel zu Ende und legte ihn zur Seite. Dann machte sie sich über die nächsten Stories her. Doch plötzlich fielen ihr die Augen zu.

»Penny, ich glaube, es ist wohl besser, wenn ich jetzt gehe und dich schlafen lasse«, meinte Elizabeth, als sie das bemerkte. »Aber vorher muß ich dir unbedingt noch etwas zeigen. Erinnerst du dich noch an das Foto von Tad Johnson, von dem ich dir am Telefon erzählt habe?«

»Ja, sicher«, erinnerte Penny sich und kämpfte

darum, ihre Augen offen zu halten. »Hast du es mitgebracht? Ich muß es unbedingt sehen!«

»Ja. Das und noch zwei Aufnahmen«, sagte Elizabeth und reichte ihr die Fotos.

Penny lächelte, als sie sich das erste Bild anschaute, dann fing sie an zu lachen. »Du mußt sie bringen!« befahl sie. »Die sind ja einmalig!«

»Ja, Ma'am!« meinte Elizabeth gehorsam.

»Und noch eins«, fuhr Penny fort und versuchte, ein Gähnen zu unterdrücken. »Du bist die beste Journalistin unserer Zeitung, Liz, und jeder Journalist hat auch etwas von einem Detektiv. Versuch herauszufinden, wer diese Fotos geschossen hat. Ich würde demjenigen sehr gern den Job eines Fotografen beim ›Oracle‹ anbieten.«

»Ich hatte gehofft, daß du das sagen würdest«, erwiderte Elizabeth. »Ich werde mein Bestes versuchen. Und jetzt gehe ich besser. Ich lasse dir den ganzen Kram einfach hier. Du kannst dir alles ansehen, und morgen komme ich dann wieder. Dann kannst du mir ja deine Verbesserungsvorschläge und Änderungswünsche mitteilen. Einverstanden?«

»Oh, geh noch nicht«, protestierte Penny schläfrig. Ihre Stimme wurde schwächer. »Ich muß jetzt nicht unbedingt schlafen ... muß nur mal für einen Moment die Augen zumachen ...« Sie legte sich ins Kissen zurück, und noch bevor sie den Satz zu Ende bringen konnte, war sie schon fest eingeschlafen.

»Schlaf gut und träume süß«, flüsterte Elizabeth. Sie ging leise aus Pennys Zimmer und verließ das Haus.

»Das war heute ein gutes Training«, meinte Jessica, als sie und Cara zum Parkplatz der Schule und dem roten Fiat-Cabrio von Jessicas Mutter gingen, den Jessica und Elizabeth manchmal benutzen durften. »Unser neuer Anfeuerungsruf, an dem wir heute gearbeitet haben, ist wirklich einsame Klasse!«

»Ja, echt«, bestätigte Cara. »Trotzdem, einfach ist er nicht.«

»Cara«, ermahnte Jessica ihre Freundin, »niemand hat behauptet, daß es nur Spaß und Spielerei sein würde, Cheerleader zu sein. Man muß hart daran arbeiten, um zu den Besten zu gehören. Sieh dir nur mal Annie an ...«

Cara machte einen Schmollmund. »Ach nein, dann ist Annie Whitman also auf einmal dein bester Kumpel, was? Seit wann das denn?«

»Jetzt werd nicht albern.« Jessica schloß die Fahrertür des Fiat auf und öffnete sie. Sie warf ihre Bücher und die Cheerleader-Uniform auf den Rücksitz, stieg ein und beugte sich über den Beifahrersitz, um Cara die Tür aufzumachen. »Du bist und bleibst meine beste Freundin«, versicherte sie Cara, als die sich neben ihr niederließ. »Es ist nur einfach so, daß Annie eben weiß, wie sehr man für etwas, was man sich wirklich wünscht, arbeiten muß. Dafür muß man ihr Respekt zollen.« Jessica ließ den Motor an und fuhr von dem Parkplatz.

Mißtrauisch beäugte Cara ihre Freundin von der Seite. »Weißt du eigentlich, Jessie, daß das alles gar nicht nach dir klingt? Um genau zu sein, ich kann mich noch sehr gut daran erinnern, daß du mir selbst vor einiger Zeit noch gesagt hast, daß es zu blöd ist, daß man sich so anstrengen muß, wenn man als Cheerleader bewundert werden will. Und jetzt kommst du urplötzlich daher und erzählst mir was von ›ohne Fleiß, kein Preis‹ und so.«

Jessica wurde rot. Im Geiste hörte sie wieder Jacks tiefe, volltönende Stimme, wie er ihr erzählte, daß es unheimlich wichtig für einen Menschen sei, sich seinen eigenen Lebensunterhalt zu verdienen und daß man hart für seine Freiheit und Unabhängigkeit arbeiten mußte. Aber das konnte sie Cara natürlich nicht erzählen. Sie hatte ihr ja auch nichts von ihrer gestrigen Verabredung verraten. Aber auch wenn keine einzige Sekundes dieses Tages vergangen war, ohne daß sie an Jack dachte, wollte sie doch niemandem auf der Schule etwas von ihm verraten. Jedenfalls solange nicht, bis Lillian von der Bildfläche verschwunden war.

»Und?« Caras Stimme holte Jessica wieder aus ihren Überlegungen. »Was soll das alles? Dieses ganze blöde Gerede über die Arbeit?«

»Ich weiß wirklich nicht, wovon du eigentlich sprichst, Cara.« Jessica bog nach links in die Chestnut Lane ein und fuhr in Richtung Dairi Burger, einem Fast-Food-Restaurant, in dem sich immer viele Jugendliche von der Sweet Valley High trafen. »Ich meine, ich bin schließlich Co-Captain der Cheerleader an unserer Schule, und es ist meine Aufgabe und Pflicht, dafür zu sorgen, daß alle Mitglieder unserer Gruppe ihr Bestes geben und hart daran arbeiten, zu Höchstleistungen zu kommen. So einfach ist das.«

»Na ja, gut, Jessie. Wenn du das meinst«, brummte Cara. Sie wirkte nicht besonders überzeugt.

»Ich sage das, weil es so richtig und das Beste ist«, behauptete Jessica und manövrierte ihren Wagen auf den Parkplatz des Dairi Burger. Sie schaltete die Zündung aus und fuhr sich noch einmal schnell durch ihr blondes Haar, ehe sie ausstieg.

»Ach übrigens«, fing Cara an, als sie das Lokal betraten, »ich habe Lillian gesagt, daß sie sich hier mit uns treffen kann. Ich hoffe, du hast nichts dagegen.«

Am liebsten hätte Jessica laut aufgestöhnt. Von allen Leuten, die sie im Augenblick sehen wollte, war

Lillian so ziemlich die letzte. Ganz sicher würde sie nur ununterbrochen über Jack reden, und Jessica wollte nicht einmal den Gedanken an ihn mit irgend jemandem teilen. Abgesehen davon war Lillian seit der Party ganz offensichtlich sauer auf sie, und sie hatte keine Gelegenheit verstreichen lassen, Jessica mit dummen Bemerkungen zu ärgern.

Jessica war Lillian deshalb aus dem Weg gegangen. Jetzt entdeckte sie Lillian sofort, die ihr aus einer Nische zuwinkte. Es war zu spät, um einfach wieder zu verschwinden und nach Hause zu fahren. Lillian hatte sie schon gesehen. Jessica wappnete sich gegen neue Angriffe.

»Cara, Jessie! Hier bin ich«, rief Lillian laut durch das Lokal, und die beiden Mädchen gingen zu ihr. »Ich dachte schon, ihr beide würdet nie mehr kommen«, meckerte Lillian, als die zwei in die Nische rutschten. »Mußtet ihr zwei armen Schätzchen vielleicht von der Schule hierher zu Fuß gehen?«

»Nein, das Training hat heute nur etwas länger gedauert«, erklärte Cara. »Wir sind mit dem Fiat der Wakefields gekommen.«

»Ach?« Lillian fixierte Jessica. »Lassen sie dich also doch wieder mit dem Wagen fahren?« Jessicas Eltern hatten es ihr im vergangenen Jahr ein paarmal verboten, den Wagen zu benutzen, nachdem Jessica einmal ordentlich den Kühler verbeult und ein paar Knöllchen zuviel bekommen hatte. »Na ja, ich sage mir immer, man muß jede Gelegenheit beim Schopf ergreifen. Wer weiß, wie lange sie sich einem bietet«, setzte Lillian bissig hinzu.

»Ja, wahrscheinlich hast du recht«, antwortete Jessica kalt. Sie dachte gar nicht daran, sich von Lillian auf die Palme bringen zu lassen.

»Und aus welchem Grund haben sie dich heute mit dem Wagen in die Schule fahren lassen?« wollte Lillian wissen. »Ich dachte, du dürftest den Wagen immer nur zu ganz besonderen Gelegenheiten benutzen?«

Jessica grinste. »Ich habe meinen Eltern erzählt, daß ich mich freiwillig gemeldet hätte, zum Einkaufszentrum zu fahren, um dieses neue Zeug abzuholen, das wir für unsere Cheerleader-Gruppe dort bestellt hatten.«

»He, ich dachte, Sandy Bacon würde den Kram abholen«, meldete sich Cara zu Wort.

»Das stimmt ja auch. Aber ich habe mich trotzdem dafür gemeldet«, erklärte Jessica. »So hat Sandy sich nämlich nur noch hartnäckiger um den Job bemüht.«

Cara lachte. »Na, das ist ja wieder die Jessica Wakefield, wie ich sie kenne und liebe.«

Jessica lachte auch. »Tja, wie Lillian schon so treffend bemerkt hat, ich nutze eben jede Gelegenheit, die sich bietet. Und jetzt werde ich mir was zu essen besorgen. Jetzt nach dem Training sterbe ich fast vor Hunger.«

»Ach, kannst du vielleicht für mich mitbestellen?« fragte Cara und fuhr sich mit der Hand durch ihre langen dunklen Haare.

»Warum nicht?« bot Jessica bereitwillig an. »Ich bestelle sogar für dich mit, Lillian.« Sie schenkte Lillian eins ihrer berühmten falschen Lächeln. »Was darf's denn sein? Zweimal Muschel-Spezial?«

Lillian und Cara stöhnten beide auf. »Bloß nicht! Nimm nicht einmal mehr das Wort in den Mund, Jessie. Allein der Gedanke an dieses Muschel-Spezial ist schon gefährlich«, sagte Cara. »Ich hätte gerne einen Cheeseburger und einen Schokoladen-Shake.«

»Ich nehme ein Fisch-Sandwich und eine Limo«, ergänzte Lillian, als Jessica den Tisch verließ.

Als sie schließlich zurückkam, hatte Lillian die Unterhaltung bereits auf das unvermeidliche Thema gebracht. Ein Krabbenbrötchen und eine Cola später versuchte Jessica immer noch, nicht auf Lillians unaufhörliches Geplapper über Jack zu hören.

Zuerst rutschte sie auf ihrem Platz herum und musterte all die anderen Leute in dem Dairi Burger und amüsierte sich selbst dadurch, daß sie sich Geschichten zu jedem einzelnen von ihnen ausdachte. Zum Beispiel daß der Mann, der jetzt gerade durch die Tür kam, seinen Hut tief ins Gesicht herabgezogen hatte und eine dunkle Sonnenbrille trug, insgeheim ein berüchtigter Bankräuber wäre.

Doch den meisten Spaß machte es Jessica, sich Dinge über Leute auszudenken, die sie kannte. Sie hätte beinahe laut losgelacht, als ihr Blick schließlich auf DeeDee Gordon und deren Freund Bill Chase fiel, die sich ein paar Tische weiter einen großen Eisbecher teilten. Was wäre denn, so sagte sie zu sich selbst, wenn ganz plötzlich eine unheimlich große und häßliche Warze auf DeeDees Nase wachsen würde, während sie dort sitzt und ihr Eis in sich hineinstopft?

Jessica versuchte, sich Bills Gesicht vorzustellen und dann DeeDees, wenn sie entdeckte, was gerade eben mit ihr passiert war. Diese Vorstellung fand Jessica ganz besonders befriedigend, weil sie es Bill und DeeDee niemals richtig verziehen hatte, daß sie sich ausgerechnet zu einem Zeitpunkt ineinander verlieben mußten, als sie selbst Bill gerade so schön an der Angel hatte.

Doch endlich hatte sich Jessica zu allen Leuten im Restaurant eine Geschichte einfallen lassen, und Lillian redete immer noch wie ein Wasserfall von all den Wundern und Vorzügen ihres Jack. »Ich finde allein die Vorstellung von einem bedeutenden Menschen, der sich als einfacher Bauarbeiter ausgibt, unheimlich romantisch«, sprudelte sie hervor.

Jessica verzog ihren Mund zu einem spöttischen Lächeln. Das war *ihr* Typ von dem Lillian da redete, *ihr* Jack. Vergiß DeeDee Gordon mit ihrer Warze! Wie würde sich so ein Ding denn auf Lillians Nase machen?

»Ich kann es kaum noch bis morgen abend aushalten«, sagte Lillian jetzt. »Ich wünschte mir so sehr, wir würden uns schon heute abend sehen. Aber Jack muß ja schon um halb sechs aufstehen, und deshalb geht er unter der Woche nicht besonders viel aus.«

Nein, nein, nicht besonders viel, dachte Jessica und erinnerte sich wieder an das Gefühl seiner Lippen auf ihrem Mund.

»Aber es ist ja nur noch ein Tag«, fuhr Lillian fort und spielte mit einer Strähne ihres Haares. »Noch ein Tag und er gehört mir ganz allein!«

Das glaubst du auch nur, dachte Jessica. Dann blickte sie Lillian an, die so voller Vorfreude war, die allein bei dem Gedanken an ihren verkleideten Prinzen innerlich zu glühen schien. Und für den winzigen Bruchteil einer Sekunde tat sie Jessica beinahe leid; Lillian war tatsächlich bis über beide Ohren verliebt!

Aber Jessica ebenfalls! Ihr Mitgefühl für Lillian erstarb. Ohne die winzigste Spur von Mitleid hörte sie dem Rest von Lillians Monolog zu. Sie mußte an das alte Sprichwort denken: »In der Liebe und im Krieg ist alles erlaubt.« Gut, das hier war beides. Und wenn sie an die letzte Nacht am Strand dachte, dann war sich Jessica ziemlich sicher, daß sie am Ende als Gewinnerin hervorgehen würde.

Als die Mädchen schließlich aufbrachen, erlaubte sich Jessica ein zufriedenes kleines Lächeln. Wenn das kommende Wochenende vorüber war, würde Jack ihr allein gehören!

6

Am folgenden Montagmorgen schwebte Lillian auf einem rosa Wölkchen in die Schule. Mit einem verträumten Lächeln auf den Lippen bewegte sie sich durch die langen Flure und Korridore der Schule, war sich des lärmenden Geplappers und Geredes um sie herum gar nicht bewußt. Ab und zu lachte sie glücklich vor sich hin, als würde sie noch einmal einen ganz besonderen Augenblick durchleben.

Jessica stand vor ihrem Schließfach und griff gerade nach ihrem Ringbuch, als sie Lillian entdeckte und diesen verträumten Ausdruck auf ihrem Gesicht bemerkte. Jessicas Hand gefror mitten in der Bewegung, und eine eiskalte Benommenheit überkam sie. So sah aber niemand aus, dem über das Wochenende der Laufpaß gegeben worden war, dessen meistgehätschelter und gehegter Traum mit einem Schlag vernichtet worden war. Ganz im Gegenteil, wirkte Lillian gerade so, als hätte sie die vergangenen paar Tage im Paradies verbracht.

Jessica umklammerte ihr Ringbuch vollkommen verzweifelt und schlug wütend die Tür ihres Schranks zu. Als Lillian auf sie zugeschwebt kam, verstellte Jessica ihr ganz bewußt den Weg.

»Oh, Jessica«, sagte Lillian, plötzlich aus ihren süßen Träumen gerissen. »Nett, dich zu sehen. Hattest du ein schönes Wochenende?«

Jetzt *wußte* Jessica, daß irgend etwas nicht stimmen konnte. Die ganze letzte Woche war Lillian ihr gegenüber ausgesprochen schnippisch und ablehnend gewesen, doch plötzlich war sie Miss Gutmütig in

Person. »Nein, es war nichts Besonderes los«, informierte Jessica sie kurzangebunden.

»Was?« sagte Lillian, die offensichtlich in Gedanken schon wieder in ihrem Traumland herumspazierte.

»Mein Wochenende«, erklärte Jessica kühl. »Nichts Besonderes. Du hast mich doch gefragt, wie mein Wochenende gewesen ist.«

»Ja«, murmelte Lillian verträumt.

Jessica nestelte an dem goldenen Halskettchen, das ihre Eltern ihr zum sechzehnten Geburtstag geschenkt hatten. Schließlich holte sie tief Luft. »Und wie war dein Wochenende?« fragte sie und hatte beinahe Angst davor, Lillians Antwort zu hören.

»Jessica, es war das mit Abstand schönste Wochenende meines ganzen Lebens!« Lillian drückte mit beiden Armen ihre Bücher an ihre Brust und seufzte glücklich.

»Wie das?« Jessica hatte ihre Hände so fest zu Fäusten geballt, daß die Knöchel weiß hervortraten.

»Jack.« Lillian sprach dieses eine Wort auf eine Art aus, als wäre es der Schlüssel zu allen Geheimnissen des Universums.

»Soll das heißen, daß es mit euch am Freitag gut gelaufen ist?« fragte Jessica vollkommen verblüfft.

»Am Freitag«, wiederholte Lillian überglücklich, »und am Samstag und gestern auch noch.«

Jessica glaubte ihren Ohren nicht zu trauen. Sie mußte einfach irgendwas falsch verstanden haben. Da mußte doch wohl ein Irrtum vorliegen! Doch als sie wieder in Lillians verzücktes Gesicht blickte, wußte sie, daß Lillian nicht gelogen hatte.

»Und ... äh ... wann siehst du ihn wieder?« wollte Jessica wissen. Sie brachte die Worte kaum heraus, so verzweifelt war sie.

»Kommenden Freitag. Weil Jack während der Woche abends nicht ausgehen kann.«

»Ja, ich kann mich erinnern, daß du das schon mal erwähnt hast.« Jessica sah einen winzigen Hoffnungsschimmer. Genau diese Entschuldigung hatte Jack doch auch schon vergangene Woche benutzt, um Zeit für ein Rendezvous mit ihr zu haben. Vielleicht war Lillian ja im Augenblick immer noch im Rennen, aber nichtsdestoweniger blieben Jessica vier lange Tage, um die Dinge etwas mehr nach ihrem eigenen Geschmack zu beeinflußen! Dann erklang die Glocke und signalisierte ihnen, daß sie noch drei Minuten bis zum Beginn der ersten Stunde hatten. Um Jessica und Lillian herum begannen sich die anderen Schüler zu beeilen, in ihre Klassen zu kommen.

»Ich muß jetzt gehen«, meinte Lillian und kam für einen Moment lang wieder zurück in die Wirklichkeit. »Ich habe in der nächsten Stunde eine Klassenarbeit, und da komme ich besser nicht zu spät. Wir sehen uns noch, Jessie.«

»Ja«, erwiderte Jessica kurzangebunden. Sie schaute Lillian nach, wie sie den langen Flur hinunter hastete. Soll sie ruhig glücklich sein, dachte sie sich. Diese Schlacht ist noch lange nicht vorbei!

Doch gegen Mittag hatte Jessicas Selbstbewußtsein einen weiteren Schlag hinnehmen müssen. Wie ein Lauffeuer hatte sich an der Sweet Valley High die Neuigkeit von der Liebesgeschichte zwischen Lillian und Jack ausgebreitet, und den ganzen Morgen über hatte Jessica immer nur wieder »Lillian und Jack« und »Jack und Lillian« hören müssen. Selbst für Jessica begann sich der Zusammenklang dieser beiden Namen allmählich ganz normal anzuhören. Ungefähr so wie »Romeo und Julia«, »Cäsar und Cleopatra«.

Natürlich, sie hatte auch gehört, daß Lillian keine

weiteren Einzelheiten über Jacks wahre Identität erfahren hatte, aber es war wohl kaum zu leugnen, daß die beiden nach dem vergangenen Wochenende ein richtiges Paar geworden waren.

Im ersten Moment hatte sich Jessicas Wut vollkommen auf Lillian gerichtet, und sie hatte nach Möglichkeiten gesucht, wie sie die gerade erst aufkeimende Liebesgeschichte wieder sabotieren könnte. Aber schließlich hatte sie eingesehen, daß sie es Lillian wohl kaum zum Vorwurf machen konnte, wenn sie versuchte das zu bekommen, was sie sich so sehr wünschte.

Jeder andere hätte es schließlich genauso gemacht, und wenn man es genau besah, dann tat Jessica ja auch nichts anderes. Nur packte sie die Sache vielleicht vollkommen falsch an. Vielleicht würde ein neuer Versuch mehr Erfolg bei Jack bringen. Aber was sollte sie nur tun? In tausend anderen Fällen war sie mit ihren Methoden bei den Jungs immer zum Ziel gekommen.

Nein, überlegte sich Jessica, es ist wirklich nicht Lillians Schuld. Und an ihr lag es ganz sicher auch nicht.

Am Ende mußte sie der einfachen Wahrheit ins Auge sehen: das Problem war einzig und allein dieser Jack. Jack, der sie in seinen Armen gehalten und ihr zärtliche Worte ins Ohr geflüstert hatte. Jack, der immer nur an Jessica denken würde, wenn er zum Polarstern aufblickte. Jack, der Prinz aller Romanzen.

Jessica kochte beinahe über vor lauter Wut. Wie konnte er ihr nur so was antun? Was für eine Art Gentleman war er denn eigentlich? Vielleicht hätte sie besser auf ihre Schwester hören sollen. Vielleicht hatte Elizabeth am Ende ja doch recht gehabt.

Zuerst war Jessica fuchsteufelswild. Doch nach und nach verwandelten sich ihre Wut und ihr Zorn in ein dumpfes, leeres Gefühl. Und langsam wurde ihr die schreckliche Wahrheit richtig bewußt: Sie konnte Jack nicht einfach so vergessen, auch wenn er am Wochenende einen verdammt üblen und gemeinen Trick mit ihr gespielt hatte.

Er war nett und witzig, allein der Gedanken an sein gutaussehendes Gesicht und an seine breiten Schultern jagten Jessica eine angenehme Gänsehaut über den Rücken. Und er war ein ausgezeichneter Zuhörer und so zärtlich, er küßte einfach unheimlich gut. Und was ihn ganz besonders aufregend und attraktiv machte, war diese geheimnisvolle Aura, die ihn umgab.

Gut. Vielleicht hatte er ja wirklich seine kleinen Fehler. Jedenfalls konnte Jessica nichts anderes tun als zuzugeben, daß er sie ganz eindeutig am Haken hatte.

Wie in Trance stellte sie sich in der Warteschlange vor der Essensausgabe in der Cafeteria an. Immer wieder kamen ihr Bilder von Jack und ihrem Spaziergang am Meer unter dem wunderbaren Vollmond in den Sinn. Und dann stellte sie ihn sich zusammen mit Lillian vor, wie er lachte und lächelte und deren Hand hielt. Eine Woge der Qual und des Schmerzes spülte über Jessica hinweg. Was sollte sie nur machen? Sie brauchte unbedingt einen guten Rat.

Mit ihrem Tablett ging sie in die Cafeteria und suchte die Tische nach ihrer Zwillingsschwester ab. Elizabeth würde ihr ganz bestimmt helfen können. Doch sie konnte ihre Schwester nicht entdecken. Vielleicht ist sie ja draußen, dachte Jessica. Sie stellte ihr Tablett auf dem nächstbesten Tisch ab und lief zu dem Nebenausgang, der auf die Terrasse und zur Schulwiese führte. Sie hatte sowieso keinen besonders großen Appetit mehr. Wie konnte sie in einer solchen Situation auch essen, wenn der Mann ihrer

Träume sich langsam aber sicher immer weiter von ihr entfernte?

Nachdem sie vergeblich die Terrasse nach ihrer Zwillingsschwester abgesucht hatte, lief Jessica hinaus auf den Rasen. Schließlich entdeckte sie Elizabeth unter einer der großen alten Eichen, die hier und da auf dem Gelände der Sweet Valley High wuchsen. Und neben ihr saß Enid Rollins.

»Verdammt!« brummte Jessica verärgert. Wie sollte sie vernünftig mit ihrer Schwester reden, solange Enid in der Nähe war? Jessica stand kurz davor, an gebrochenem Herzen zu sterben, und ihre Schwester hatte nichts Besseres zu tun, als ausgerechnet mit dieser trüben Tasse alberne, unwichtige Gespräche zu führen. Man konnte sich hundertprozentig darauf verlassen, daß diese dumme Ziege Enid immer dann im Weg war, wenn Jessica unbedingt mit ihrer Schwester allein sprechen wollte.

Energisch begann Jessica auf die beiden Mädchen zuzugehen. Sie konnte Enids Stimme klar und deutlich verstehen, als sie den beiden näher kam. »... und nach der eigentlichen Stunde hat Georges Fluglehrer ihm all diese wirklich unglaublichen Flugkunststücke vorgeführt ...«, sagte sie gerade.

George, George, George, dachte Jessica abfällig. Hat dieses Mädchen denn überhaupt keinen anderen Gesprächsstoff? Er und Enid sind fast schon so was wie ein altes Ehepaar! Sie ging zu dem alten Baum hin und baute sich unmittelbar vor Elizabeth auf. Sie stand dort, während Enid ungerührt weiter plapperte. Schließlich räusperte sie sich laut und deutlich.

Elizabeth schaute auf. »Oh, Jessie, das hört sich aber nach einer ziemlich üblen Erkältung an, die du dir da gefangen hast«, frotzelte sie. Ihre blaugrünen Augen funkelten belustigt. »Vielleicht solltest du mal zu einem Arzt gehen.«

»Liz, das ist jetzt absolut nicht der richtige Zeitpunkt für alberne Witze«, erklärte Jessica gereizt. »Ich habe mich nicht erkältet. Ich habe schlicht und einfach versucht, dich auf mich aufmerksam zu machen.«

»Du machst wohl Witze!« sagte Elizabeth mit unbewegter Miene. »Und ich hatte schon gedacht, du wärst den weiten Weg hierher gekommen, nur um mir vor der Nase herumzustehen und mich vor den schädlichen und gefährlichen Strahlen der Sonne zu schützen. Du weißt schon, sozusagen als mein eigener, ganz persönlicher Sonnenschirm.« Sie blickte Enid an, und beide begannen albern zu kichern.

»Elizabeth Wakefield! Mein ganzes Leben geht gerade den Ausguß hinunter, und du machst dich noch über mich lustig!« Jessica ließ eine einzelne Träne über ihre Wange rollen.

»Oh, Jessie, ich hab doch nur Spaß gemacht. Ich wußte nicht, daß es dir wirklich schlecht geht.« Elizabeth stand schnell auf und legte ihrer Schwester tröstend einen Arm um die Schultern. »Was ist denn los?«

»Liz, ich muß unbedingt mit dir sprechen«, jammerte Jessica. »Das Schlimmste auf der Welt ist passiert!«

»Gut, ich höre dir zu«, sagte Elizabeth beruhigend. »Red dir deinen Kummer von der Seele.«

»Nein, nicht hier«, maulte Jessica, löste sich von ihrer Schwester und warf Enid einen Blick blanker Boshaftigkeit zu.

»Oh«, sagte Elizabeth nur. »Enid, es tut mir wirklich sehr leid, aber würdest du uns für einen Augenblick entschuldigen? Ich hoffe, du hast einen guten Grund für das alles«, wandte sie sich dann an ihre Schwester, während Jessica sie zur Seite führte. »Du hast diese ganz besondere Angewohnheit, mich immer dann ganz besonders dringend zu brauchen, wenn ich mich gerade mit Enid unterhalte.«

Jessica zuckte nur mit den Schultern. »Na und? Ich verstehe sowieso nicht, warum du dich ausgerechnet mit der abgeben mußt. Wenn ich nur an sie denke, könnte ich mich schon zusammenrollen und auf der Stelle einschlafen.«

»Jessica ...!« Elizabeths Stimme hatte einen heftigen, scharfen Unterton angenommen. »Warum muß ich mich mit dir immer wieder über dieses Thema streiten? Enid ist ein wunderbarer Mensch. Sie ist nett und sehr intelligent, und sie hat einen ausgesprochenen Sinn für Humor. Und außerdem ist sie meine beste Freundin.«

Jessica verzog auf ihre lange einstudierte Art die Lippen zu einem gekonnten Schmollmund.

»Und abgesehen davon«, fuhr Elizabeth ungerührt fort, »dachte ich, du hättest mir gerade eben erst erzählt, du würdest mitten in einer ausgemachten Katastrophe stecken. Ich kann mir einfach nicht vorstellen, wie du da noch genügend Energie findest, um auf Enid herumzuhacken, wenn das tatsächlich der Fall sein sollte.«

»Lizzie, ich sage dir doch nichts als die reine Wahrheit!« behauptete Jessica kläglich. »Es ist wirklich eine Katastrophe. Und du mußt mir unbedingt sagen, was ich jetzt machen soll.«

»Jessica, vielleicht verrätst du mir zuerst einmal, um was es sich eigentlich handelt«, sagte Elizabeth ruhig und beherrscht. Sie kannte die welterschütternden Probleme und Katastrophen ihrer Schwester nur allzu gut.

»Es handelt sich«, jammerte Jessica, »um Jack.«

Elizabeth schüttelte den Kopf. »Das habe ich schon befürchtet. Jack und Lillian, stimmt's?«

Jessica schluckte einmal kräftig und nickte.

Nun gibt es wieder sechs neue Taschenbücher – extra für Euch!
Sweet Love – Romane um die erste Liebe

Band 56 019
Ein Märchenprinz mit kleinen Fehlern
Lillian ist zwar Jessies beste Freundin – aber nur, solange es nicht um Jungen geht. Deshalb stört es Jessie auch kein bißchen, Lillian den attraktiven, aber ziemlich geheimnisvollen Jack auszuspannen. Sie ahnt nicht, was sie sich selbst damit antut ...

Band 56 020
Bruchlandung in Sachen Liebe
Eigentlich hat Enid ja noch mal Glück im Unglück gehabt, als sie und ihr Freund George den schweren Flugzeugabsturz überlebt haben. Doch seitdem kann Enid nicht mehr laufen, obwohl die Ärzte sagen, daß körperlich alles mit ihr in Ordnung ist. Enid ist ganz schön down – aber das Schicksal hält noch eine böse Überraschung für sie bereit ...

Band 56 021
Ich bin's leid, sagte Jessie
Eine Jessica, die so gar keine Bosheiten mehr ausheckt – das kann man sich kaum vorstellen, oder? Und doch ist es so. Denn Jessie hat echten Kummer. Keiner liebt mich mehr, denkt sie – und schließlich faßt sie einen verzweifelten Plan ...

»Ich habe das Gerede heute morgen auch schon gehört. Ich hatte nur gehofft, zu deinem Besten, daß es nicht wahr wäre.«

Jetzt waren Jessicas Tränen nicht mehr gespielt, sondern absolut echt. Sie liefen ihr in Strömen über die Wangen. »Es stimmt«, sagte sie zwischen Schluchzern. »Ich … ich habe es von … von Lillian selbst gehört.« Sie warf sich Elizabeth in die Arme und heulte verzweifelt all den Schmerz und das Leid aus sich heraus. Sie schnappte mehrmals heftig nach Luft, als ihre Tränen schließlich versiegten.

»Jessie, ich weiß, daß du dich jetzt entsetzlich verletzt und verlassen fühlst«, tröstete Elizabeth sie und klopfte ihrer Zwillingsschwester beruhigend auf den Rücken. »Aber was hast du denn anderes erwartet? Du hast doch die ganze Zeit genau gewußt, daß die zwei eine Verabredung fürs Wochenende hatten.«

»Ja, aber, aber ich dachte doch, daß die Sache damit ein für alle Male erledigt wäre«, beschwerte sich Jessica. »Das habe ich dir doch auch erzählt. Und jetzt sieht es ganz so aus, als ob die beiden so eine Art Trauminsel-Romanze gehabt hätten.«

»Ich weiß«, sagte Elizabeth mitfühlend. »Das ist eine eiskalte Dusche für dich, aber so hast du wenigstens herausgefunden, was wirklich hinter diesem Typ steckt, bevor du noch tiefere Gefühle für diesen Jungen entwickeln kannst.«

»Aber ich stecke doch schon längst mit meinen Gefühlen bis über beide Ohren in dieser Sache!« Jessica ließ sich auf den Rasen sinken und verbarg ihr Gesicht in den Händen. »Vielleicht habe ich mich ja sogar richtig in den Kerl verliebt!«

»Jessie, wie kannst du dich in ihn verliebt haben? Du bist doch erst ein einziges Mal mit ihm ausgegangen.« Elizabeth setzte sich neben ihre Schwester.

Jessica hob den Kopf und warf ihrer Schwester

einen grimmigen Blick zu. »Du willst mir doch wohl nicht erzählen, daß das unmöglich ist, oder? Wie viele Verabredungen hat es denn bei dir gedauert, bis du dich bis über beide Ohren in Ted verknallt hattest? Du weißt genausogut wie ich, daß du schon nach dem ersten Kuß von ihm nicht mehr wußtest, wo dir der Kopf stand.«

Elizabeth konnte das nun wirklich nicht abstreiten. Ihr Gesicht erhellte sich unwillkürlich, als sie sich wieder an diesen ersten suchenden, vorsichtigen Kuß erinnerte. Doch sofort verschwand ihr Lächeln wieder. »Für Ted hat es aber von Anfang an auch keine andere außer mir gegeben, Jessica. Und wenn es für ihn doch ein anderes Mädchen gegeben hätte, dann wäre unsere Beziehung wieder zu Ende gewesen, ehe sie richtig angefangen hätte. Du solltest dafür sorgen, daß du dich nicht weiter mit Jack einläßt. Soweit es mich betrifft, solltest du ihn lieber früher als später vergessen. Das ist nur zu deinem Besten.«

»O ja, ich hab schon verstanden«, erwiderte Jessica gereizt. »Ted ist der gute Junge und Jack der Bösewicht. Hör mal Schwesterchen, ich wollte einen guten Rat von dir, und ich hatte mich dabei auf dich verlassen. Aber was soll ich mit so einem Ratschlag denn schon anfangen?«

»Sollte ich dir vielleicht ein paar Tips geben, wie du Jack wieder zurückbekommen kannst? Jessie, ich kann mich ja vielleicht irren, aber ich habe so das Gefühl, daß du dir nur noch mehr weh tun wirst, wenn du nicht sofort versuchst, diesen Typ zu vergessen. Jetzt, in diesem Augenblick!«

Unvermittelt stand Jessica auf. Ihre Augen blickten wie Eis. »Du *kannst* dich nicht nur irren, du *irrst* dich tatsächlich, Liz. Ich will Jack haben, und ich werde ihn auch kriegen. Mit oder ohne deine Hilfe. Und wenn ich das nächste Mal auf die Idee komme, wegen eines guten Rats zu dir zu kommen, dann werde ich es mir verdammt nochmal zweimal vorher überlegen.« Beleidigt marschierte sie davon und ließ ihre Schwester einfach sitzen. Elizabeth starrte ihr mit großen Augen nach.

Vielleicht schafft es Jessica ja tatsächlich, Jack für sich zu gewinnen, dachte Elizabeth. Es war schon höchst selten, daß ihre Schwester etwas haben wollte und es nicht bekommen sollte. Doch andererseits wurde sie auch das nagende Gefühl nicht los, daß Jessica in diesem Fall mehr bekommen würde, als sie ursprünglich hatte haben wollen. Während sie Jessica hinterherblickte, konnte sie nur die Daumen drücken und hoffen, daß ihre Ahnung falsch war.

7

Am folgenden Dienstagabend saß Elizabeth auf der Wohnzimmercouch und lernte französische Redewendungen, als Jessica ins Zimmer geplatzt kam. »Wie sehe ich aus?« fragte sie und drehte sich langsam einmal um sich selbst. Jessica trug ein durchgehendes purpurrotes Kleid, das auf dem Rücken vom Ausschnitt bis zum Saum geknöpft war. Dazu hatte sie einfache schwarze Sandalen an. Ihre Haare glänzten frisch gewaschen und gebürstet, und an einer Seite hatte sie sich einen dünnen Zopf geflochten.

»Was ist denn los? Warte, laß mich raten«, sagte Elizabeth, als sie das strahlende Lächeln ihrer Schwester bemerkte. »Er hat wieder angerufen, stimmt's?« Es war überhaupt keine Frage, wer dieser »er« war.

Jessica nickte glücklich. »Er ist jetzt schon unterwegs und wird mich gleich abholen kommen. Wir wollen uns im Kino *Help!* ansehen.«

Elizabeth legte ihr Französischbuch auf den Couchtisch. »Was hat er denn über Lillian gesagt?«

Schlagartig war Jessicas Lächeln verschwunden. »Mußt du dieses Thema ausgerechnet jetzt erwähnen?« fuhr sie ihre Schwester an. »Wenn ich dich nicht besser kennen würde, dann könnte ich fast glauben, daß du mir absichtlich meine gute Laune verderben willst.« Mit einem verdrießlichen Blick ließ sie sich neben ihre Schwester auf die Couch fallen.

Elizabeths Wangen wurden dunkelrot. »Jessie, ich wollte dir wirklich nicht … hm … ich dachte ja nur … nun … ich dachte, daß Jack dir eine ziemlich gute

Erklärung schuldig wäre, wenn du dich jetzt wieder mit ihm triffst.«

»Unsinn. Und außerdem habe ich ihn auch gar nicht danach gefragt.« Jessicas trotzige Antwort signalisierte ganz eindeutig: »Der Fall ist damit erledigt!«

Doch Elizabeth blieb hartnäckig. »Und? Wirst du ihn fragen?«

Jessica verdrehte die Augen. »Wer bist du eigentlich, Liz, meine Mutter oder was? Ja, wenn du es ganz genau wissen willst, ich wollte ihn danach fragen. Hauptsächlich, um dadurch endlich deine ewige Nörgelei zu ersticken.«

»Gut. Ich glaube, das solltest du wirklich machen«, antwortete Elizabeth ruhig und reagierte nicht auf Jessicas bissige Bemerkung. »Ich will halt nur nicht, daß man deine Gefühle verletzt, das ist alles. Und ich wünsche dir wirklich von ganzem Herzen, daß es für alles eine vernünftige Erklärung gibt. Du weißt doch ganz genau, wie sehr auch ich will, daß du glücklich bist.«

Jessica sah immer noch ziemlich finster drein.

»Ehrlich, das ist die Wahrheit. Komm schon, Jessie, kannst du noch nicht einmal mehr lächeln?«

Jessica schüttelte ihren Kopf und weigerte sich einfach, ihre Schwester anzuschauen.

»Bitte!« Elizabeth streckte ihre Hand nach Jessica aus und begann, sie an der Taille zu kitzeln.

Sofort änderte sich Jessicas Gesichtsausdruck. »Nein ... aufhören ... Lizzie«, bat sie und fing an, albern zu kichern. »Bin doch ... viel zu kitzelig«, stieß sie hervor. Sie rutschte ein Stückchen aus Elizabeths Reichweite und schlug mit einem eigenen Kitzelangriff zurück. Direkt unter Elizabeths Kinn.

Und schon war ihr Kitzel-Kampf in vollem Gange. Die beiden Mädchen lachten beide so sehr, daß ihnen schon bald der Bauch weh tat, doch keine machte Anstalten, sich zu ergeben. Wenn es schließlich nicht irgendwann an der Haustür geläutet hätte, dann hätte das ohne weiteres den ganzen Abend so weitergehen können.

Jessica sprang unvermittelt von der Couch auf und fuhr sich hastig durch die Haare. »Das muß Jack sein!« rief sie.

»Könnte aber auch ebensogut Ted sein«, antwortete Elizabeth und versuchte, wieder zu Atem zu kommen. »Er meinte, daß er vielleicht noch vorbeikäme, um zusammen mit mir ein bißchen zu lernen.«

Plötzlich wirkte Jessica wieder besorgt. »Das meinst du doch nicht im Ernst?«

»Doch. Warum?« Elizabeth war verwirrt.

»Na, was ist, wenn er sieht, daß Jack mich abholen kommt? Ich will nicht, daß außer dir noch irgend jemand etwas von uns weiß.«

Es läutete wieder. Dieses Mal klang es schon erheblich ungeduldiger als beim ersten Mal. Elizabeth stand auf und ging aus dem Wohnzimmer. »Jessie, mach dir mal nur keine Sorgen«, sagte sie. »Dein Geheimnis ist bei Ted genauso sicher wie bei mir. Ich gebe dir mein Wort darauf. Aber du solltest doch wissen, daß euch irgendwann auch andere Leute sehen könnten ...«

»Laß uns hoffen, daß zwischen uns alles offiziell ist, wenn das passieren sollte«, sagte Jessica und strich ihr Kleid glatt. »Und daß dann eine bestimmte Freundin von mir, deren Namen wir jetzt nicht nennen wollen, endgültig von der Bildfläche verschwunden ist.«

Elizabeth runzelte die Stirn, doch sie verkniff sich einen Kommentar, als sie dann die Haustüre öffnete.

»Ah, dann öffnen sich die Pforten also doch noch«,

meinte Ted trocken und gab Elizabeth einen Begrüßungskuß, als er an ihr vorbei ins Haus trat. »Jack und ich haben schon befürchtet, daß wir die ganze Nacht auf eure kahle Haustür starren müßten.«

Und tatsächlich stand Jack unmittelbar hinter Ted. »Jack, komm doch auch rein«, meinte Elizabeth freundlich.

»Hallo!« säuselte Jessica, als sie durch die Diele gestürzt kam und ihn in den Arm nahm.

Doch als jeder sein »Hallo« gesagt hatte, machte sich ein betretenes Schweigen breit. Elizabeth überlegte, daß sie vier auch nicht unbedingt die ideale Paarung von Leuten abgaben. Abgesehen von ihrem eigenen Mißtrauen Jack gegenüber, waren ihre Schwester und Ted nicht gerade die besten Freunde! Dazu kam dann noch, daß Ted wahrscheinlich keinen Schimmer hatte, was Jack hier wollte und daß Jessica wiederum ebenfalls nicht besonders glücklich darüber war, daß Ted nun etwas über sie und Jack herausgefunden hatte. Und Jack, wer konnte schon wissen, was er in diesem Augenblick dachte? Elizabeth wurde einfach nicht schlau daraus, was hinter seiner aalglatten Fassade und seinen vornehmen Manieren steckte.

Verstohlen musterte sie Jack. Er war noch genauso attraktiv, wie sie ihn von Lillians Party her in Erinnerung hatte, doch wenn sie ihn genauer betrachtete, dann fiel ihr auf, daß seine tiefliegenden Augen verquollen waren und gerötet wirkten.

»Jack, geht es dir gut?« fragte sie schließlich und brach damit das unangenehme Schweigen. »Du siehst ein bißchen mitgenommen aus.«

»Ich finde, er sieht toll aus«, verteidigte Jessica ihn sofort.

»So meinte ich es auch gar nicht.« Elizabeth seufzte

und spürte, wie die Spannung im Raum wieder eine Idee zunahm.

»Es ist nichts weiter«, erklärte Jack. »Ich war nur vorhin im Gemeinde-Center schwimmen. Das Chlor reizt meine Augen manchmal ziemlich stark.« Die Spannung ließ wieder nach.

»Ach, du arbeitest draußen beim Gemeinde-Center?« fragte Ted. »Ich gehe manchmal zum Basketballspielen dorthin. Vielleicht treffen wir uns mal dort. Obwohl ich nicht sehr häufig schwimmen gehe. Ich glaube, ich bin eine ausgemachte Landratte.«

»Tja, wie die Franzosen so schön sagen: *chacun à son goût«,* verkündete Elizabeth und brachte damit geschickt eine der Redewendungen an, die sie vorhin erst gelernt hatte. Ihre Bemerkung schien bei den anderen aber nicht sonderlich gut anzukommen.

»Liz, würdest du uns normalen Menschen vielleicht auch noch erklären, was das zu bedeuten hat?« fuhr Jessica sie an.

»Ma chère Jessica«, antwortete Elizabeth und mußte lachen, »wenn du deine Hausaufgaben für Miss Daltons Kurs gemacht hättest, dann würdest du es wissen. Es bedeutet: jeder nach seinem Geschmack. Oder nach ›ihrem‹ Geschmack, je nachdem.«

»Na ja, eine Karte fürs Kino kann ich auch so immer noch ganz gut kaufen«, sagte Jessica. Dann hakte sie sich bei Jack ein. »Ich wünsche euch Arbeitstieren noch einen wunderschönen Abend«, rief sie, während sie Jack zur Türe führte.

»Mann! Was ist denn mit den beiden los?« fragte Ted, kaum daß die zwei das Haus verlassen hatten. »Ich dachte, er und Lillian wären ein glückliches Paar.«

Elizabeth zuckte nur hilflos mit den Schultern, als sie sich wieder auf die Couch setzte. »Wer weiß?

Wenn Jessie ihren Willen kriegt, dann bleibt das zumindest nicht mehr lange so.«

Ted stieß einen langen Pfiff aus. »Aber Lillian ist doch ihre Freundin!« meinte er leicht entsetzt, als er sich neben Elizabeth setzte. »Das ist ja mal wieder typisch Jessica!«

Elizabeth biß sich auf die Unterlippe. Die oft heftigen Ansichten und Gefühle ihres Freundes in bezug auf Jessica waren die einzige Quelle von Reibereien und Verärgerung in ihrer Beziehung.

»Macht deine Schwester denn wirklich vor nichts halt?« fuhr Ted fort.

»Ted Wilkins! Was willst du denn damit schon wieder sagen?« Elizabeth verschränkte wütend die Arme. »Vielleicht geht Jessica ja dieses Mal eine winzige Idee zu weit mit ihren Aktivitäten. Aber das ist doch wohl kein Grund für dich, wieder auf ihr herumzuhacken!«

»Liz, wirklich, es tut mir leid. Ich hacke auch nicht auf ihr herum. Ehrlich nicht. Aber trotzdem scheint mir das alles nicht richtig zu sein. Irgendwie.«

Elizabeth seufzte. »Ich wünschte, ich könnte dir widersprechen, aber wenn ich ehrlich bin, muß ich zugeben, daß mir die ganze Geschichte auch nicht sonderlich gefällt. Obwohl ich überzeugt bin, daß Jessica dieses Mal keine Schuld an allem hat.« Sie ärgerte sich immer noch ein wenig darüber, was Ted über ihre Schwester gesagt hatte. »Ich habe so ein komisches Gefühl, was diesen Jack angeht. Zum Beispiel spielt er ein verdammt gefährliches Spiel mit Lillian und Jessica. Für eine der beiden muß diese Geschichte doch zwangsläufig ziemlich übel ausgehen. Vielleicht sogar für alle, ich weiß es nicht.« Sie schüttelte ihren Kopf. »Und dann diese Sache, daß Jessica ihre Beziehung zu ihm geheimhalten will. Sie hat mit mir noch nicht viel darüber gesprochen, aber ich vermute, daß sie schlicht und einfach Angst davor hat, gegen Lillian zu verlieren und dann als die Dumme dazustehen, wenn sich nicht alles nach ihrem Willen entwickeln sollte. Ganz offen gesagt, Ted, ich kann einfach nicht verstehen, warum sie sich überhaupt mit einem Typ abgibt, der sie in so eine blöde Situation bringt.«

»Vielleicht hat er irgendeinen ganz besonderen Reiz, den du und ich nur nicht erkennen können«, meinte Ted, »aber auf mich macht er jedenfalls auch ... ich weiß nicht ... einen komischen Eindruck. Verstehst du, was ich meine?« Ted rutschte dichter an sie heran und legte Elizabeth seinen Arm um die Schultern.

»Hm«, machte Elizabeth. »Er ist irgendwie nicht mehr der freundliche, energiegeladene Junge von Lillians Party. Weißt du, er hat ja nicht einmal reagiert, als ich diese Bemerkung auf französisch gemacht habe. Und das, wo er doch angeblich fließend Französisch spricht ...« Elizabeth machte eine Pause. »Aber vielleicht ist er ja auch nur abgespannt«, überlegte sie laut. Sie versuchte, immer nur das Beste von allen Menschen zu glauben. »Er muß ja die Woche über ziemlich hart arbeiten.«

»Vielleicht hast du recht«, erwiderte Ted und strich ihr über den Kopf. »Aber laß uns jetzt nicht mehr länger über diesen Jungen nachdenken.« Er zog sie dichter an sich heran. »Ich weiß da was viel Besseres.«

Als Teds Lippen Elizabeths Mund in einem sanften, süßen Kuß berührten, war Jack für eine Weile vergessen.

»Wie wär's, wenn ich uns was Popcorn und was zu trinken hole?« schlug Jessica vor, nachdem sie und Jack sich in die Mitte des Kinos gesetzt hatten. Ganz sicher würde jemand, der so sehr auf Unabhängigkeit und Selbständigkeit wie Jack Wert legte, ein Mädchen gut finden, das die Ausgaben eines Abends teilen wollte.

»Oh, nein warte. Ich hole uns was«, bot Jack sich an und stand schon auf.

»Nein, bitte! Ich würde gerne bezahlen«, beharrte Jessica und legte ihm eine Hand auf den Arm. Sowohl zu geben als auch zu nehmen war eigentlich eher Elizabeths Art als ihre, aber da Jack nun mal Menschen schätzte, die auf eigenen Füßen standen, wollte sie sich auch so benehmen.

Jessica suchte in ihrer Tasche nach dem Portemonnaie. Sie konnte fast ihre Schwester sagen hören: »Weißt du, Jessie, es ist doch nur mehr als gerecht, wenn der Junge auch mal eingeladen wird.« Na ja, vielleicht hatte Elizabeth ja von ein, zwei Dingen doch eine Ahnung. Jessica ertastete ihren Schlüssel, ihr Adressbuch, verschiedene Kosmetika, doch nicht ihr Geld. Sie schaute in die Tasche. Ein Augenbrauenstift, ein ausgetrockneter Filzschreiber ohne Kappe, eine zusammengeknüllte Nachricht, die Cara ihr heute morgen im Naturwissenschaftunterricht zugesteckt hatte – doch von dem Portemonnaie war nichts zu sehen.

»O mein Gott!« rief sie entsetzt. »Mein Geld! Es ist weg!«

»Bist du auch ganz sicher?« fragte Jack. Er runzelte die Stirn.

Voll Panik sprang Jessica nun auf und kippte den Inhalt ihrer Tasche auf den stoffbezogenen Sitz. Ihr Portemonnaie war einfach nicht mehr da. Und es lag auch nicht auf dem Boden oder irgendwo in der näheren Umgebung ihres Sitzes.

»Wieviel war denn drin?« wollte Jack wissen und suchte unter den Sitzen in der Reihe vor ihnen.

»Ein Zehn-Dollar-Schein, ein paar Einer und ein bißchen Kleingeld«, jammerte Jessica.

Jack nahm Jessicas Hand und drückte sie beruhigend. »Wahrscheinlich hast du es nur zu Hause liegen lassen«, tröstete er sie. »Jede Wette, wenn du nach Hause kommst, findest du dein Geld garantiert auf dem Fußboden deines Zimmers, oder sonstwo bei euch im Haus. Mach dir mal keine Sorgen. Es wird schon wieder auftauchen.«

Jessica wirkte nicht sehr überzeugt.

»Es wird sich schon wieder finden. Ich verspreche es dir«, fuhr Jack fort. »Und in der Zwischenzeit werde ich uns Popcorn holen. Du setzt dich jetzt wieder hin, beruhigst dich ein bißchen und freust dich auf den Film, den wir gleich sehen werden.« Er ging die Sitzreihe entlang und verschwand.

Doch Jessica konnte sich nicht so schnell beruhigen und sich einfach wieder hinsetzen, als wäre nichts geschehen. Die nächsten paar Minuten suchte sie verzweifelt nach ihrem Portemonnaie. Sie kämmte sorgfältig die ganze Sitzreihe ab und ebenso die Reihen vor und hinter ihrer eigenen. »Entschuldigen Sie bitte«, brummte sie und quetschte sich an der gewaltigen Frau vorbei, die auf dem Platz direkt neben ihr saß. Sie kniete sich und kroch auf Händen und Füßen umher und warf einen Blick unter ein paar weitere Sitzplätze.

In diesem Augenblick kehrte Jack mit einem großen Becher Popcorn, zwei 7-Up und einer Schachtel Studentenfutter zurück.

Es war ihr unangenehm, daß er sie erwischt hatte, wie sie auf den Knien über den Boden rutschte. Schnell sprang Jessica wieder auf. Sie merkte ganz deutlich, wie sie rote Wangen bekam.

Doch Jack, wie immer ganz Gentleman, sagte nichts, sondern stellte seine Einkäufe ab und half ihr wieder auf die Füße. »Jessie ... wir werden dein Geld schon noch finden. Später. Doch im Augenblick können wir wirklich gar nichts unternehmen.« Er drückte sie wieder auf ihren Platz. »Und deshalb vergißt du dieses verflixte Portemonnaie für einen Moment. Der Doktor will es so. Einverstanden?« Er nahm Jessicas Gesicht zärtlich in seine Hände und bog ihren Kopf leicht nach hinten, so daß sie ihm direkt in die Augen sehen mußte. »Okay, Jessie?« wiederholte er seine Frage.

Jessica blickte ihn an, und plötzlich schien ihr verlorenes Portemonnaie wirklich nicht mehr so besonders wichtig zu sein. »Okay, Dr. Jack«, flüsterte sie ihm zu, als er einen Arm um ihre Schultern legte.

Jessica stand zu ihrem Wort und vergaß alles außer Jacks Nähe, nachdem der Film erstmal begonnen hatte. Während die Beatles ausgelassen über die Leinwand tobten, streichelte sie leicht sein Bein und ließ ihre Hand dann auf seinem Knie liegen. Vielleicht wurde das ja doch noch ein toller Abend!

»Und? Wie hat dir der Film gefallen?« fragte Jack sie, als sie nach dem Ende der Vorstellung zu seinem Wagen gingen.

»Wirklich gut«, sagte Jessica. »Kannst du dir vorstellen, wie es gewesen sein muß, die Beatles damals live in einem Konzert gesehen zu haben? Mann, wenn ich damals schon gelebt hätte!«

»Ja, sie waren ganz bestimmt eine Wahnsinns-Gruppe«, meinte Jack und schloß die Wagentüren auf. »Aber du mußt zugeben, daß es heute auch ein paar wirklich scharfe Bands gibt. ›Police‹ zum Beispiel. Die machen wirklich eine gute Show auf der Bühne!«

»Willst du damit sagen, daß du sie schon mal live

gesehen hast?« wollte Jessica wissen, als sie nebeneinander in Jacks altem Rambler saßen.

»Ja. Sie haben zwei Vorstellungen im Hartford Coliseum gegeben. Das ist nicht weit von der Stadt entfernt, wo ich auf der privaten Vorbereitungsschule gewesen war. Am zweiten Abend bin ich mit ein paar Kumpeln von mir hingefahren, und wir haben uns ihr Konzert angehört. Es war wirklich unglaublich gut.«

Jack begann eine detaillierte Beschreibung des Police-Konzerts, doch Jessica hörte ihm nur mit einem Ohr zu. Sie konzentrierte sich auf wichtigere Dinge. Zum Beispiel auf die Hinweise, die Jack unfreiwillig über seine Vergangenheit gegeben hatte. Hartford. Jessica hatte die vage Vorstellung, daß Hartfort in Connecticut lag. Und Jack hatte doch gesagt, daß er in der Nähe von Hartford auf eine dieser teuren privaten Vorbereitungsschulen zum College gegangen sei.

Ja, das bestätigte so manches. Jack war wirklich jemand, den es lohnte zu kennen. Die besten Internate des ganzen Landes befanden sich in New England, und alle großen und bedeutenden Familien schickten ihre Söhne und Töchter auf diese Schulen. Wieder einmal, wie schon so oft während der vergangenen Woche, fragte sich Jessica, wer dieser Jack in Wirklichkeit war.

Sie stellte sich vor, wie er ihr an seinem Arm die prunkvolle Villa zeigte, die er sein Zuhause nannte. (Denn seine Familie würde ihn natürlich, nachdem Jack seine eigenen Erfahrungen mit Unabhängigkeit und Selbständigkeit gemacht hatte, mit offenen Armen wieder aufnehmen.)

»Darf ich euch Lady Jessica vorstellen«, würde er sagen, wenn er sie mit dem Dienstpersonal bekanntmachte. Für seine Familie würde sie einfach nur »Jessica, meine liebe und teure Begleiterin« sein. Und während sie all diesen Leuten vorgestellt wurde, würde Jessica nur wie eine Prinzessin leicht und vornehm mit ihrem Kopf nicken. Natürlich gäbe man auch ihr zu Ehren ein großes Festessen. Eins, im Vergleich zu dem Lillians kostspielige kalte Buffets armselig und klein wirken würden …

Lillian. Jessica spürte den kalten Stachel der Wirklichkeit, als sie jetzt wieder an ihre Rivalin dachte. Es würde kein Festessen geben und auch keinen Gang durch das prachtvolle Haus von Jacks Familie, solange Lillian nicht von der Bildfläche verschwunden war. Jessica mußte unbedingt mit Jack über dieses leidige Thema sprechen. Jetzt sofort. Sie musterte nachdenklich sein Profil und holte tief Luft.

»Und dann haben sie noch eine weitere Zugabe gegeben«, meinte Jack gerade und kam damit zum Ende seiner keine Einzelheit auslassenden Schilderung des Police-Konzertes. »Und ob du's glaubst oder nicht, sie haben dann meinen Lieblings-Song gespielt. ›*Every Breath You Take*‹. O Jessie, du hättest dabei sein müssen. Es war wahnsinnig.«

»Ach, Jack, ich wette, das sagst du zu allen Mädchen.« Jessica hatte zwar scheinbar leichthin geantwortet, aber ein ernster Unterton schwang doch in ihrer Stimme mit.

»Welche anderen Mädchen?« Jack schien in diesem Augenblick die Unschuld in Person zu sein.

»Ach, komm schon. Jeder kennt doch die Geschichte von dir und Lillian.« Jessica wartete gespannt auf eine Reaktion, doch es kam keine. »Nicht daß ich nicht wüßte, daß du eine sehr gute Erklärung für dein Verhalten hast«, fügte sie hinzu und bot damit Jack eine Möglichkeit an, genau die Antwort zu geben, die sie auch hören wollte.

»Welches Verhalten denn?« Jack bog auf die kurvenreiche Straße ab, die zum Miller's Point hinaufführte. Das war ein malerischer Aussichtspunkt, der der Lieblingstreffpunkt junger Pärchen war, die sich allerdings weniger für die wunderbare Aussicht über das Tal interessierten.

Jessica spürte, wie sie langsam wütend wurde. Warum spielte Jack dieses dumme Katz-und-Maus-Spiel mit ihr? »Wahrscheinlich bist du mit Lillian auch hier heraufgefahren«, platzte sie dann heraus, als das Plateau von Miller's Point vor ihnen auftauchte.

»Jessica, Lillian und ich sind einfach nur Freunde. Ich weiß gar nicht, wie du irgend etwas anderes auch nur denken kannst.«

»Willst du mir vielleicht auch noch weismachen, daß du nicht das ganze Wochenende mit ihr zusammen warst?« Jessica kochte vor Wut.

Jack fuhr den Rambler auf das Plateau und stellte seinen Wagen neben gut einem halben Dutzend anderer Autos ab, die bereits dort standen.

»Ja, also ... sicher war ich mit ihr zusammen«, fing Jack an, »aber ...«

»Aber was?« Jessicas Tonfall war inzwischen eindeutig anklagend.

»Jessica!« Obwohl er ihren Namen ganz leise ausgesprochen hatte, kam das Wort wie eine kleine Explosion aus seinem Mund. Für den Bruchteil einer Sekunde nahm sein Gesicht einen furchterregend grimmigen und beinahe bösen Ausdruck an, und Jessica hatte richtig Angst. Doch als Jack dann den Kopf schüttelte und seine Züge sich wieder glätteten, war auch ihre Angst wieder verschwunden.

»Jessica.« Dieses Mal sprach er ihren Namen zärtlich und sanft aus. »Natürlich habe ich Lillian am Freitagabend gefragt, ob sie mit mir ausgehen will. Du weißt selbst nur zu gut, daß sie diese Party arrangiert hat, damit ich neue Leute kennenlernen konnte. Auf diese Weise konnte ich mich bei ihr revanchieren.«

Jack erzählte Jessica jetzt haargenau das, was sie selbst vergangene Woche zu Elizabeth gesagt hatte. Sie spürte, wie ihr Zorn ein bißchen nachließ.

»Und dann hat sie mich für Samstag auf ihr Segelboot eingeladen«, fuhr Jack fort.

»Und du hast natürlich angenommen?« Jessica ging wieder zum Angriff über.

»Jessie, jetzt sei mal ehrlich. Hast du denn noch nie eine Einladung von einem guten Freund angenommen?«

Darauf konnte Jessica nicht viel erwidern. Erst vor wenigen Tagen war sie zusammen mit Ken Matthews auf seinem Motorboot zum Wasserski gefahren. Es war ein phantastischer Tag gewesen, doch Jessica mußte sich selbst eingestehen, daß es dabei weder auf ihrer noch auf Kens Seite irgendwelche romantischen Gedanken gegeben hatte.

»Ja, ich glaube, ich war wohl auch schon ein oder zweimal in so einer Situation«, gab Jessica zu. »Aber was war denn mit Sonntag? Lillian hat erzählt, daß sie dich auch am Sonntag gesehen hat.«

»Ja, das ist stimmt.« Jack blickte Jessica direkt in die Augen. »Aber das war nicht beabsichtigt oder geplant. Wir sind uns im Einkaufszentrum über den Weg gelaufen und haben schließlich zusammen zu Mittag gegessen.«

»Und du meinst, daß ich dir das glauben soll?«

»Ich hoffe, daß du es mir glaubst.« Jack nahm eine von Jessicas Händen in seine. »Denn genau so ist es gewesen.«

Jessica war immer noch nicht vollkommen überzeugt.

»Bitte, du mußt mir vertrauen«, flüsterte Jack. »Du bist das Mädchen, das ich haben will.«

Jessica wandte sich ihm zu. Auf sein gutaussehendes Gesicht fiel das Licht des Mondes. »Ich möchte dir ja so gern vertrauen und glauben«, meinte Jessica vorsichtig. »Aber ich weiß auch, daß Lillian felsenfest davon überzeugt ist, daß du an ihr interessiert bist.«

»Gut, aber dann irrt sie sich eben. Ich mag sie als Freund. Als Kumpel. Gerade du wirst das ja verstehen können, Jessica. Denn immerhin ist sie auch deine Freundin. Aber meine Gefühle für sie hören an diesem Punkt auch schon auf.« Jacks Gesichtsausdruck nahm einen entschlossenen, grimmigen Zug an. »Ich fürchte, ich werde wohl keine andere Wahl haben und ihr das einmal klipp und klar sagen müssen.«

»Wann?« wollte Jessica wissen.

»Freitag. Ich treffe mich am Freitag wieder mit ihr. Und dann werde ich ihr genau dasselbe sagen, was ich gerade dir gesagt habe.«

Jessica begann zu lächeln, und wenige Sekunden später strahlte sie ihn schon an. »O Jack, ich wußte, daß du das tun würdest!« Und mit einem Mal war sie wieder so süß wie Honigkuchen.

Von diesem Augenblick an wurde der Abend immer nur besser. Zwar fand Jessica ihr Portemonnaie nicht wieder, doch am Ende dieses Abends hatte sie das Gefühl, daß sie statt dessen etwas viel Wichtigeres gefunden und bekommen hatte: Jacks ungeteilte Zuneigung und Liebe.

Das hast du gut gemacht, gratulierte sie sich im stillen selbst, als Jack ihr einen letzten, ausgedehnten Kuß vor ihrer Haustüre gab. Wieder ein Sieg für Jessica Wakefield!

8

Geschafft! dachte Elizabeth glücklich und zufrieden, nachdem sie die letzten Änderungen an der neuesten Ausgabe des »Oracle« beendet hatte. Es war Donnerstagabend, und die Zeitung war soweit fertig, daß sie in die Druckerei geschickt werden konnte. Penny würde stolz auf sie sein!

Sie lehnte sich auf ihrem Stuhl zurück und blickte sich im Büro des »Oracle« um. Es war leer, niemand außer ihr war noch da. Selbst die Redaktionsmitglieder, die noch geblieben waren, um ihr bei den letzten Arbeiten zu helfen, waren schon lange nach Hause gegangen.

Durch die Bürofenster konnte man den dunklen Himmel sehen. Elizabeth streckte die Arme weit über ihren Kopf. Sie fühlte sich erschöpft und gleichzeitig sehr glücklich. Sie hatte etwas geschafft, eine richtige Leistung vollbracht und wußte das auch. Sie konnte es kaum noch erwarten, all ihre Freunde und die anderen Leute von der Schule über dem neuen Heft hocken zu sehen, dessen Entstehung sie so sorgfältig überwacht hatte. Ein letztes Mal blätterte sie flüchtig durch ihr Werk und legte dann alles sorgfältig in eine Schublade von Pennys Schreibtisch. Mit einem winzigen Schlüssel schloß sie ab. Den Schlüssel hatte sie als Leihgabe von Penny bekommen, und er hing jetzt zusammen mit dem größeren Schlüssel zum Büro des »Oracle« an einem dünnen weißen Band um ihren Hals.

Sie stand auf und suchte ihre Sachen zusammen, und dabei bemerkte sie zum ersten Mal an diesem

Abend, wie hungrig sie eigentlich war. Ein Eisbecher bei Casey's auf dem Nachhauseweg würde genau das Richtige sein. Elizabeth hörte im Geiste ihre Mutter, wie sie predigte, daß ein Eisbecher kein richtiger Ersatz für ein vernünftiges Abendessen sei, aber sie hatte einfach Appetit darauf. Und sie fand auch, daß sie sich nach all der harten Arbeit eine kleine Belohnung verdient hatte.

Elizabeth musterte das Büro noch einmal, um sicher zu gehen, daß sich alles an seinem Platz befand, knipste dann das Licht aus und verließ den Raum. Gerade, als sie die Tür zuzog, stieß sie direkt mit jemandem unmittelbar hinter ihr zusammen. Sie unterdrückte einen Schrei und drehte sich blitzschnell um. In dem schwachen Licht, das von dem grünen Notausgangslämpchen neben dem Treppenhaus kam, erkannte sie Penny Ayalas kleine Schwester Tina, die mindestens ebenso erschrocken wirkte wie Elizabeth selbst.

»Tina! Mein Gott, hast du mir einen Schrecken eingejagt!« rief Elizabeth laut. »Was machst du denn hier? Es muß doch bestimmt schon halb neun sein!«

»Viertel vor«, verbesserte Tina sie. Ihre Stimme klang ein wenig unsicher und zitterig.

»Was ist denn los? Penny hat dich nicht zufälligerweise mit letzten Korrekturaufträgen zu mir geschickt, oder?« Gerade jetzt, wo ich geglaubt hatte, ich wäre endlich fertig, dachte Elizabeth mit einem lautlosen Aufstöhnen.

»Nein, Penny hat mich nicht geschickt«, sagte Tina.

Elizabeth war erleichtert. »Na, wolltest du dann vielleicht mit mir sprechen?«

»Nein, eigentlich nicht«, wich Tina ihrer Frage aus. »Eigentlich hatte ich nicht einmal erwartet, daß um diese Uhrzeit noch jemand hier wäre.«

»Ach?« Elizabeth war aufrichtig verwirrt. Sie kam sich vor, als müßte sie mit Tina ein Frage-und-Antwort-Spiel spielen, um herauszufinden, was das Mädchen hier zu suchen hatte. Und dabei war sie ihr doch so freundlich und offen vorgekommen, als sie sich das letzte Mal getroffen hatten.

Plötzlich bemerkte Elizabeth, wie Tina ihre rechte Hand heimlich hinter ihrem Rücken zu verstecken versuchte. Doch sie machte es nicht geschickt genug, als daß es Elizabeth entgangen wäre. In der Sekunde, die Tina brauchte, um ihre Hand hinter dem Rücken zu verstecken, erkannte Elizabeth, was das Mädchen in seiner Hand hielt: einige Schwarzweiß-Fotografien! Sofort wurde Elizabeth klar, was Tina hier machte, als sie vor dem »Oracle«-Büro herumlungerte und so schrecklich wortkarg und geheimnistuerisch tat.

»Du bist es also«, meinte Elizabeth verblüfft. »An dich hätte ich wirklich niemals gedacht. Du bist also der große Phantom-Fotograf, stimmt's?«

Ein ängstlicher Ausdruck machte sich auf Tinas Gesicht breit. »Du wirst mich aber nicht verraten, oder?«

»Na ja, Penny hat mir die Anweisung gegeben, daß ich unbedingt herausfinden sollte, wer diese Fotografien geschossen hat ...«

»Nein!« Tinas Aufschrei hallte laut durch den leeren und verlassenen Flur. »Du darfst ihr nichts verraten!«

»Tina, ich verstehe wirklich nicht, weshalb du dir Sorgen machst«, antwortete Elizabeth ruhig. »Jeder findet deine Aufnahmen einfach toll.«

Die Andeutung eines Lächelns huschte kurz über Tinas Gesicht.

»Und ganz besonders deine Schwester«, fügte Elizabeth hinzu.

»Wirklich?« Tina klang echt überrascht.

»Ja, wirklich«, versicherte Elizabeth ihr. »Sie hat mir selbst erzählt, daß sie den unbekannten Phantom-Fotografen in den festen Stamm der Zeitung aufnehmen will.«

Tinas Lächeln kehrte zurück, doch auch diesmal nur für einen kurzen Augenblick. »Aber wenn sie erstmal erfahren hat, daß ich die Fotos gemacht habe, wir sie ganz bestimmt schnell wieder ihre Meinung ändern«, jammerte sie.

»Und warum, bitte schön?« Elizabeth schüttelte den Kopf. »Ich kenne Penny eigentlich immer als einen Menschen, der zu seinem Wort steht.«

»Ja, vielleicht ist das bei allen anderen Leuten auch so, aber ich bin ja schließlich nur ihre unwichtige kleine Baby-Schwester.« Tina mußte hart schlucken. »Als ich noch klein war, hat jeder immer nur gesagt: ›Penny hat diese phantastische Sache gemacht‹, oder ›Penny hat wieder einen besonderen Preis bekommen‹, oder ›Du mußt immer gut zusehen, wie Penny es macht. Sie ist schon ein richtiger Profi.‹ Und seitdem hat sich im Grunde nicht sonderlich viel geändert. Immer noch ist Penny die Größte. Sie ist die tolle Chefredakteurin der Schülerzeitung, die Schülerin mit den besten Noten, die nur auf das beste College geschickt werden wird.« Tränen traten in Tinas Augen. »Für uns beide wird nicht genug Platz beim ›Oracle‹ sein. Ich kann nicht mit ihr konkurrieren, warum sollte ich es da also überhaupt erst versuchen?«

Elizabeth legte Tina eine Hand auf ihre Schulter. »Das ist doch überhaupt keine Sache der Konkurrenz oder des Wettstreites zwischen euch beiden, Tina. Penny ist die Chefredakteurin unserer Zeitung und nicht ihr Fotograf. Ihr werdet zusammen arbeiten. Als ein Team!«

Tina schien sich dieses Argument einen Moment

lang durch den Kopf gehen zu lassen. »Nein. Penny würde mich niemals wirklich richtig für voll nehmen. Ihre kleine Schwester unter all euch Großen? Nein, nein. Das kann nie funktionieren.«

»Und wieso bist du dir da so sicher?« hakte Elizabeth nach. »Ich bin davon überzeugt, daß Penny ein Talent erkennen kann, wenn ihr eins über den Weg läuft.«

»Ja, sicher. Solange es sich dabei nicht um mein Talent handelt, kann sie das bestimmt«, antwortete Tina. »Das ist doch auch der Grund, warum ich all die Fotos heimlich und anonym in das Büro geschmuggelt habe.«

»Tina, betrachte die ganze Geschichte doch mal von dieser Seite«, versuchte es Elizabeth ein letztes Mal. »Penny hat mir selbst gesagt, ganz klar und unmißverständlich, daß sie diese Fotos wirklich umwerfend gut findet und daß sie denjenigen, der sie geschossen hat, unbedingt in die feste Mannschaft des ›Oracle‹ übernehmen will. Wenn sie herausfindet, daß du der große Unbekannte bist, dann kann es sehr gut sein, daß sie dich zuerst sehr ernst und prüfend anschauen wird und daß sie dann das in dir erkennt, was du auch tatsächlich bist. Nämlich ein sehr talentierter Mensch, der etwas anzubieten hat, und nicht mehr nur Tina, die kleine Schwester.«

Tina blieb eine ganze Weile still. Schließlich nickte sie. »Du kannst einen gut überzeugen, Liz.«

»Dann bist du also einverstanden? Du wirst Penny sagen, daß du es warst, die die Aufnahmen gemacht hat?« fragte Elizabeth.

Tina wurde kreidebleich.

»Wie wär's denn, wenn ich es ihr erzähle?« fügte Elizabeth schnell hinzu. Sie hatte Angst, daß Tina doch noch einen Rückzieher machte.

Tina lächelte dankbar, und dieses Mal hielt ihr

Lächeln auch an. »Dir würde das wirklich nichts ausmachen?« fragte sie hoffnungsvoll.

»Nein, überhaupt nichts. Ich denke sogar, daß es für euch beide ganz gut sein könnte, wenn ihr zusammenarbeitet, bis Penny ihren Abschluß macht.«

Überschwenglich warf Tina Elizabeth ihre Arme um den Hals. Ihre neuesten Schnappschüsse hielt sie immer noch in der rechten Hand. »Vielen, vielen Dank, Liz. Wenn ich dir jemals auch einen Gefallen tun kann ...«

Elizabeth lachte glücklich. »Du könntest mir für den Anfang die Fotos da zeigen, die du immer noch vor mir versteckst. Ich sterbe vor Neugier!«

»Liebend gern«, erwiderte Tina und gab Elizabeth drei Fotografien. »Ich hatte mir überlegt, daß ich mal einen ganzen Film über Freizeitaktivitäten unserer Mitschüler verschießen könnte. Die drei da sind meine Lieblingsbilder. Aber bei dem Licht hier kann man ja kaum was sehen.« Sie trat unter die schwache Lampe des Notausgangszeichens.

Elizabeth nahm den Schlüssel zum Büro des »Oracle« wieder ab und schloß die Tür auf. Sie trat ein und schaltete die Deckenbeleuchtung an. »Du kannst dich ruhig schon mal an diesen Raum hier gewöhnen«, witzelte sie, als Tina ihr folgte. »Von jetzt ab wirst du nämlich eine ganze Menge Zeit hier drin verbringen.«

»Das will ich hoffen«, antwortete Tina nur.

Elizabeth setzte sich auf den nächstbesten Stuhl und blickte auf die erste Aufnahme. Tina hatte sie im Dairi Burger in dem neuen Raum mit Spielautomaten geschossen. Allen Walters, die Mathekanone der Schule und nebenbei noch Fotograf für die Schülerzeitung, war in einen Kampf mit einem der Videospiel-Geräte vertieft. Auf dem zweiten Foto war

DeeDee Gordon zu sehen, die auf ihrem Surfbrett offenbar hin- und herschwankte und über der jeden Augenblick eine wahre Monsterwelle zusammenbrechen würde.

»Mann, ein tolles Foto, Tina!« Elizabeth war ganz begeistert. »Einfach super!« Sie warf Tina einen aufmunternden Blick zu, als sie die ersten beiden Bilder auf die Schreibtischplatte neben sich legte. Dann schaute sie sich das dritte Foto an. Und was sie da sah, ließ sie heftig nach Luft schnappen.

Offenbar war Tina zum Flugplatz hinausgefahren, um dort Aufnahmen von denjenigen Schülern zu machen, die an diesem Flugkurs teilnahmen. Bei dem Schnappschuß, den Elizabeth jetzt in der Hand hielt, hatte Tina Sandra Wilson und George Warren vor dem Hintergrund einer Reihe kleiner Flugzeuge abgelichtet. Und sie hielten sich in einer ziemlich stürmischen Umarmung fest umschlungen.

Später an diesem Abend saß Elizabeth im Arbeistzimmer der Wakefields und starrte niedergeschlagen auf den Bildschirm des Fernsehers. Es lief gerade einer ihrer Lieblingsfilme: *Der Malteserfalke* mit Humphrey Bogart in der Hauptrolle. Doch sie schaute gar nicht richtig hin, denn ihr ging das Bild von George und Sandra nicht aus dem Kopf. Was mochte passieren, wenn Enid hinter diese Geschichte kam? Sie würde am Boden zerstört sein, ganz klar. Und als ihre beste Freundin war es schließlich Elizabeths Pflicht, sie zu schützen, oder etwa nicht? Oder vielleicht war es auch ihre Pflicht, dafür zu sorgen, daß Enid nicht länger im Dunkeln tappte.

Elizabeth kämpfte einen verzweifelten Kampf mit sich selbst als sie versuchte, sich darüber klar zu werden, was sie tun mußte. Währenddessen versuchte

Bogie, der in dem Film den Privatdetektiv Sam Spade spielte, die flüchtige Spur des heißbegehrten Falken, einer kleinen Plastik, aufzunehmen und ihr zu folgen.

Eines war ganz klar: das Foto, das Tina gemacht hatte, würde ein Geheimnis bleiben, das nur sie selbst und die Fotografin kannten. Tina und Elizabeth hatten sich darauf geeinigt, nachdem Liz dem Mädchen die knifflige Situation auseinandergelegt hatte.

Aber was sollte sie nur tun? Wie konnte sie Enid helfen? Elizabeth zermarterte sich den Kopf, während die Handlung des Filmes im Fernseher unaufhaltsam ihrem Höhepunkt zulief. Im Film waren die Lösungen im Grunde immer einfach, und der Held fand stets den richtigen Weg. Doch im wirklichen Leben war alles viel komplizierter.

Einige Zeit später wurde Elizabeth von ihrer Zwillingsschwester aus ihren düsteren Gedanken gerissen, die mit einem verträumten Blick in das Arbeitszimmer gewandelt kam. Sie schwebte förmlich herein.

»Nicht mehr lange, und Jack gehört ganz mir allein«, sagte sie glücklich und mit glänzenden Augen. »Morgen abend wird er mit Lillian reinen Tisch machen. Und dann gibt es nur noch ihn und mich.«

Elizabeth musterte aufmerksam Jessicas strahlendes Gesicht. Wieder so ein Problem, mit dem sie zu kämpfen hatte. Aber vielleicht hatte sie sich ja doch geirrt, soweit es diesen Jack betraf. Das hoffte sie wenigstens. Immerhin, überlegte sie so gelassen sie es in ihrer augenblicklichen Lage konnte, so schlecht konnte der Junge schließlich auch wieder nicht sein, wenn er ihre Schwester so glücklich machte. »Ich freue mich wirklich für dich, Jessie«, sagte sie ernst.

»Ist das wahr? Du machst dich nicht über mich lustig?« Jessicas blaugrüne Augen strahlten hell und überglücklich.

»Du siehst so zufrieden aus. Wie sollte ich da anderer Meinung sein?«

»Lizzie, du bist meine absolute Lieblingsschwester auf der ganzen weiten Welt!« Jessica warf ihrer Zwillingsschwester die Arme um den Hals.

»Ich bin deine einzige Schwester, du Dummkopf!« Liebevoll zerzauste sie Jessicas Haare. Es war schön, ihre Schwester mit so guter Laune zu sehen, dachte Elizabeth. In diesem Augenblick nahm sie sich ganz fest vor, in Zukunft Jack gegenüber toleranter zu sein. Jeder, der sich um ihre Schwester Gedanken machte, verdiente das.

Als es schließlich soweit war, daß die Schwestern an diesem Abend zu Bett gingen, hatte sich Elizabeths Stimmung wenigstens zum Teil gebessert. Ihr Problem in bezug auf Enid und George war zwar immer noch nicht gelöst, aber dafür waren zumindest ihre Befürchtungen und Sorgen um Jessica beseitigt worden. Sie war aufrichtig froh darüber, daß sie sich in Jack getäuscht hatte. Morgen schon würde er mit Lillian alles geklärt haben, und dann war ihre Schwester eins der glücklichsten Mädchen von ganz Sweet Valley.

9

»Lillian«, flüsterte Jack sanft in ihr Ohr, während sie im Garten der Fowler-Villa unter dem klaren Sternenhimmel Wein tranken, »ich glaube, ich verliebe mich richtig in dich!«

»O Jack. Ich liebe dich auch!« Lillian schmiegte sich so dicht sie konnte an ihren Jack und legte ihren Kopf an seine Brust. Sie wünschte sich nur, daß es immer so bleiben, daß sie für immer hier in Jacks Armen liegen, seinen männlichen Duft einatmen und die süße Schwere der Frühlingsnacht riechen könnte. Nichts kann besser sein als das, überlegte sie.

»Jedesmal, wenn ich dich sehe, fühle ich mich mehr und mehr zu dir hingezogen«, flüsterte Jack und zeichnete die Konturen ihres Gesichtes mit seinen Fingerspitzen nach.

»Mir geht es genauso.« Lillians Stimme war voller Zärtlichkeit. »Ich dachte, daß ich schon gestern abend die höchste Stufe des Glücks mit dir zusammen erlebt hätte. Aber heute abend liebe ich dich sogar noch viel mehr. Es wird immer besser und schöner.« Sie berührte ganz leicht seinen Mund mit ihren Lippen. »Und besser und besser ...«

Jack nahm einen kleinen Schluck von seinem *Chateau Laffite Rothschild*. George Fowler war wieder einmal auf Geschäftsreisen, und so hatte Lillian die Gelegenheit genutzt und sich eine Flasche des besten Weines ihres Vaters geholt. Sie war noch nicht alt genug, um schon Alkohol trinken zu dürfen, und ihr Vater hatte es ihr auch streng verboten. Doch Lillian konnte sich kaum vorstellen, daß er jemals diese eine

Flasche vermissen würde. Abgesehen davon war Jack von dem noblen Etikett des Weines ausgesprochen beeindruckt gewesen. Allein das war schon das Risiko wert, daß ihr Vater womöglich entdeckte, daß sie sich heimlich eine Flasche genommen hatte.

»Hm«, machte Jack und schwenkte die rubinrote Flüssigkeit langsam in seinem Glas. Er genoß das feine Bouquet das edlen Weines. »Dieser Wein hier ist beinahe so exquisit wie du es bist. Aber eben nicht ganz.« Er stellte sein Glas wieder auf den kleinen Marmortisch neben sich und nahm Lillians Gesicht zwischen seine Hände. »Du bist wunderschön«, flüsterte er. »Lillian, ich hätte es nie für möglich gehalten, daß ich so etwas zu einem anderen Menschen sagen könnte, doch ich kann mir wirklich vorstellen, daß ich mit dir den Rest meines Lebens verbringen könnte.«

In freudiger Überraschung riß Lillian ihre dunkelbraunen Augen weit auf. »Meinst du das wirklich?« fragte sie ungläubig.

»Ja. Ich will für immer bei dir bleiben«, hauchte Jack zurück und gab ihr mehrere kleine, sanfte Küße auf ihr Gesicht. »Für mich bist du das einzige Mädchen auf der ganzen Welt.«

»Und du bist für mich der einzige Mann«, erwiderte Lillian leidenschaftlich. »Immer.« Als sie das letzte Wort ausstieß, senkte sich ihre Stimme und sie bebte vor lauter Hochgefühl. Immer. Für immer und ewig. Konnte das denn wirklich wahr sein? Sie und Jack, für immer zusammen. Bei dieser Vorstellung begann sich in ihrem Kopf alles zu drehen. Sie war in einem Zustand schwindelerregender Euphorie.

Ihre Verlobung würde ein echtes Jahrhundertereignis werden. Zunächst würde sie eine Party geben, die alle übrigen Parties dieser Welt in den Schatten stellte. Jeder, der einen Namen hatte, würde dem glücklichen jungen Paar zutrinken und einen Toast auf sein Wohl aussprechen. Fotografen würden Bilder von dem spektakulären Ereignis machen, und sie, Lillian, wäre der strahlende Mittelpunkt. Alle Mädchen aus Sweet Valley würden sie beneiden, ganz zu schweigen von den Mädchen in der restlichen Welt.

»Ja, immer«, sagte auch Jack. »Wir beide. Eines Tages möchte ich, daß du meine Frau wirst.«

»O Jack, das möchte ich auch so sehr!« Lillian glaubte vor Glück ohnmächtig werden zu müssen. Sie konnte schon ganz deutlich und klar die Schlagzeilen der »Sweet Valley News« vor sich sehen! *»Miss Fowler, Tochter des Computer-Chip-Millionärs, heiratet ...«*

»Natürlich wird alles ein Geheimnis bleiben müssen. Fürs erste wenigstens.« Jacks Stimme unterbrach Lillians Träumereien.

»Wirklich?« Lillian kam plötzlich und unsanft in die Realität zurück. »Aber warum denn nur?« Sie löste sich aus seiner Umarmung und schaute ihn fragend an.

»Lillian, ich darf es einfach nicht riskieren, daß mein Vater womöglich erfährt, wo ich bin.« Er schwieg einen Augenblick lang. »Deshalb ist es besser, wenn wir erstmal nicht darüber reden, einverstanden?«

Lillian kämpfte schwer mit ihrer Enttäuschung. Keine große Verlobungsparty? Kein funkelnder Ring an ihrem Finger, mit dem sie vor allen anderen an der Sweet Valley High angeben konnte?

»Weißt du, wenn das hier irgendwie an die Presse durchsickert, dann stecke ich echt in großen Schwierigkeiten«, fuhr Jack fort. »Die würden sich doch wie die Geier auf diese Story stürzen.«

»Würden sie das wirklich?« Plötzlich war Lillian

wieder neugierig. Wer war er denn bloß, daß die Presse dermaßen gierig und bereitwillig jede kleinste Neuigkeit über ihn ausschlachten würde? Er schien wirklich ein sehr bedeutender junger Mann zu sein, ihr Jack. Lillian war ganz aufgeregt.

»Jack, ich werde keiner Menschenseele auch nur ein Wort erzählen«, versprach Lillian. »Das einzige, was wirklich zählt, sind doch nur wir beide!«

»Genau das hatte ich auch erwartet von dir zu hören.« Jack griff nach Lillians Hand. »Ich schlage vor, daß wir zu Ehren unserer Liebe einen Stern für uns ganz allein aussuchen sollten. Der da«, sagte er und zeigte in den klaren Nachthimmel. »Weil er der hellste Stern am ganzen Firmament ist. Von jetzt an werde ich jedes Mal, wenn ich zum Himmel aufblicke und ihn sehe, an diese wunderbare Nacht mit dir denken.«

»O Jack, das ist ja wahnsinnig romantisch«, antwortete Lillian hingerissen.

»Und morgen abend«, fuhr er fort, »werden wir eine kleine Feier machen. Nur du und ich, einverstanden?«

Morgen. Samstagabend. Morgen abend war ihr Vater wieder zu Hause. Wieder wurde Lillian abrupt in die Wirklichkeit zurückgeholt. Jack und ihr Vater hatten sich immer noch nicht kennengelernt. Und Verlobung oder nicht, Astor, Dupont und Vanderbilt, egal, zu welcher Familie Jack auch immer gehören mochte – für ihren Vater war er nichts anderes als ein aufsässiger, rebellischer Sohn. In diesem Augenblick erkannte Lillian, daß ihr Schwur, ihr Geheimnis für sich zu behalten, für sie selbst mindestens ebenso wichtig war wie für Jack.

»Jack«, meinte sie beunruhigt, »ich glaube nicht, daß wir uns morgen abend wieder hier bei mir treffen können. Mein Vater ... er gibt eine kleine Dinner-

Party«, erfand sie schnell aus dem Stegreif und überkreuzte ihre Finger hinter ihrem Rücken. Wie konnte sie dem Jungen, mit dem sie verlobt war, nur sagen, daß sie nicht wollte, daß er ihrem Vater begegnete?

Doch Jack ließ sich davon nicht entmutigen. »Dann treffen wir uns eben bei mir«, schlug er vor.

Lillian war erleichtert. Wieder war ein kleines Problem gelöst, wenigstens für den Augenblick. »Bei dir zu Hause. Hört sich verlockend an«, fügte sie hinzu und lehnte ihren Kopf wieder gegen seine Brust. Sie genoß es, so nahe neben ihm zu sein.

Über ihren Vater konnte sie sich später noch den Kopf zerbrechen. Dieser Abend war viel zu wunderbar und zu einmalig, als daß sie ihn sich durch irgendwelche trüben Gedanken verderben lassen wollte. Lillian wollte sich für alle Zeiten an diesen vollkommen perfekten Abend erinnern können – an den Abend, an dem sie die Verlobte des Märchenprinzen von Sweet Valley geworden war.

Je besser Lillians Stimmung wurde, desto mehr sank Elizabeths Laune an diesem Abend. Ihr wurde alles durch die Gedanken an Enid, George und Sandra beeinträchtigt, und so sehr sie sich auch bemühte, sie konnte Ted nicht vormachen, daß alles vollkommen in Ordnung war.

Ted wollte natürlich wissen, was los war, aber sie konnte es ihm einfach nicht erzählen. Es lag nicht daran, daß sie sich nicht darauf verlassen konnte, daß ihr Freund ein Geheimnis für sich behielt. Ganz im Gegenteil, Ted hatte ihr vollstes Vertrauen. Aber wenn Enid schon nicht über George und Sandra Bescheid wußte, dann empfand Elizabeth es irgendwie als nicht richtig, wenn sie einem anderen Menschen davon berichtete. Selbst Ted nicht.

Sie wußte, daß vieles erheblich leichter gewesen wäre, wenn sie mit ihm darüber gesprochen hätte. Sie sehnte sich danach, mit einem anderen Menschen über dieses ganze fürchterliche Chaos zu reden, aber das wäre Enid gegenüber einfach nicht fair gewesen.

Schließlich hatte Elizabeth behauptet, daß sie sich nicht besonders gut fühlte – was auf eine Art ja auch nicht gelogen war – und war relativ früh wieder nach Hause gefahren. Nun lag sie in ihrem Bett und warf sich unruhig hin und her und versuchte sich darüber klar zu werden, was sie tun konnte, um Enid zu helfen. Sollte sie mit ihrer Freundin sprechen? Sollte sie ihr sagen, was sie gesehen hatte?

Und das war ja auch so ein Problem. Genaugenommen hatte Elizabeth ja nichts gesehen. Nur eine Fotografie. Und wieviel konnte sie daraus wirklich schließen? Vielleicht gab es eine ganz einfache und normale Erklärung für Sandras und Georges Umarmung. Vielleicht war es nur ein einziges Mal passiert, und es war nicht mehr als ein rein freundschaftlicher Kuß gewesen.

Elizabeth hatte zwar nicht diesen Eindruck gehabt, als sie Tinas Schnappschuß betrachtet hatte, aber andererseits, konnte sie denn sicher sein, daß sie alles und jeden richtig beurteilte? Sie brauchte schließlich nur an Jack zu denken. Jack, der Bursche, dem sie so wenig vertraut hatte, hatte schließlich doch ihre eigene Schwester sehr glücklich gemacht. Nein, auf ihre Intuition allein konnte sie sich im Augenblick wohl kaum verlassen.

Und da hatte sie auch schon das zweite Problem. Selbst wenn tatsächlich etwas zwischen George und Sandra ablief, hatte sie überhaupt das Recht dazu, sich in diese Geschichte einzumischen? Das war das dritte Problem.

Schließlich gelangte Elizabeth zu dem Schluß, daß

ihr nur eine Möglichkeit blieb: Sie würde am kommenden Tag zum Flugplatz hinausfahren müssen, nämlich dann, wenn die Schüler ihre Flugscheine überreicht bekamen, und direkt mit George und Sandra sprechen. Die beiden waren die einzigen Menschen, die ihre Befürchtungen aus der Welt räumen konnten. Oder auch die schreckliche Wahrheit bestätigen, die sie vermutete.

Den Rest der Nacht warf sich Elizabeth immer wieder unruhig in ihrem Bett hin und her. Die Aussicht auf die direkte Konfrontation mit den beiden behagte ihr gar nicht. Sandra und George einfach so gegenüberzutreten und sie zur Rede zu stellen, würde auf gar keinen Fall leicht werden. Wieder und wieder spielte Elizabeth in Gedanken durch, was sie den beiden möglicherweise sagen könnte. Mehr als einmal überlegte sie sich schon, doch besser nicht hinauszufahren. Aber gar nichts zu tun würde ihre Beunruhigung und Sorge nur noch verschlimmern.

Und als Elizabeth dann endlich doch noch einschlief, träumte sie von Enid und George, von George und Sandra, von Enid und Sandra. Und in einem ganz besonders beunruhigenden Traum tauchte sogar Enids alter Freund Ronnie Edwards noch einmal auf.

Elizabeth war richtiggehend erleichtert, als sie schließlich von dem Duft frischen Kaffees und gebakkenem Schinken wach wurde. Der neue Tag hatte begonnen. Ihr unruhiger Schlaf hatte sie mehr ausgelaugt als erfrischt und ihr neue Kraft geschenkt. Sie war richtiggehend dankbar, daß sie endlich aufstehen und ihr Bett verlassen konnte.

Währens des ausgedehnten Frühstücks schwieg sie die meiste Zeit. Jessica nutzte die Gelegenheit, um ihren Eltern von Jack zu erzählen und wie toll er doch war.

Elizabeth zog das Frühstück so lange wie möglich hin. Sie trank mehr Kaffee als üblich, und danach ließ sie sich auch bei dem Abräumen und Spülen jede Menge Zeit. Sie hatte sich freiwillig zu dieser Arbeit gemeldet. Doch dann war der Augenblick gekommen, an dem sie nichts mehr zu tun hatte und auch den Moment nicht weiter herausschieben konnte, an dem sie sich ihrer Aufgabe stellen mußte. Sie fand ihre Mutter im Arbeitszimmer, wo sie an einigen Skizzen zu neuen Einrichtungsentwürfen arbeitete, und fragte sie, ob sie sich wohl den Fiat ausleihen könnte.

»Ich wüßte nicht, warum du ihn nicht nehmen solltest«, sagte Alice Wakefield und blickte von ihrer Arbeit auf. »Wozu brauchst du ihn denn?«

Elizabeth vermied es, ihrer Mutter in die Augen zu schauen. »Ich wollte mir ansehen, wie die Leute aus dem Flugkurs ihre Flugscheine überreicht bekommen. Heute ist der letzte Tag des Kurses, und ich dachte mir, vielleicht kann ich eine Story für den ›Oracle‹ daraus machen. Weißt du, so als Abrundung des Artikels, den Sandra Wilson geschrieben hat.«

Genau wie bei der Entschuldigung, mit der sie sich gestern abend früher von Ted hatte nach Hause bringen lassen, lag auch in dieser Ausrede ein Körnchen Wahrheit. Doch die Wahrheit war ziemlich zurechtgebogen und verdreht. Jessica beherrschte die Kunst des Zurechtbiegens der Wahrheit bis zur Perfektion, doch Elizabeth, die davon überzeugt war, daß man immer die Wahrheit sagen mußte und nichts als die Wahrheit, starrte jetzt nur unbehaglich auf den Fußboden.

»Natürlich kannst du den Wagen haben«, meinte ihre Mutter noch einmal, »aber bist du dir auch ganz sicher, Liz, daß mit dir alles in Ordnung ist? Du hast beim Frühstück kaum ein Wort geredet.«

»Doch, doch, Mom, mir geht es schon gut.« Elizabeth versuchte, so überzeugend wie möglich zu klingen. Doch als sie schließlich in das kleine rote Cabrio stieg und den Zündschlüssel drehte, war ihr wirklich elend zumute.

Beinahe unbewußt lenkte sie den Wagen die kurvigen Straßen hinaus zum Flugplatz. In Gedanken war sie bei erheblich weniger angenehmen Dingen als der üppigen grünen Landschaft, die an ihrem Wagen vorüberzog. Ihr Magen schlug Purzelbäume, als es draußen schließlich flacher und ebener wurde und kleine Flugzeuge dicht über ihrem Kopf anzeigten, daß sie sich dem kleinen Flughafen näherte.

Wenig später steuerte Elizabeth den kleinen Fiat auf den Parkplatz am Rand des Flugfeldes. Als sie aus dem Wagen stieg, konnte sie sehen, daß für die Teilnehmer des Flugkurses eine kleine Abschlußfeier vorbereitet worden war. Ein Mann in einer blauen Fliegeruniform rief einzelne Namen auf, und einer nach dem anderen traten die frischgebackenen Piloten vor ihn und nahmen den Flugschein in Empfang. Elizabeth ging etwas näher und erkannte einige ihrer Mitschüler. Sie suchte die Gruppe der noch wartenden Flugschüler ab. Plötzlich fiel ihr Blick auf ein ganz besonderes Gesicht – es war Sandra Wilson, die glücklich lächelte. Und an ihrer Seite stand George Warren.

Elizabeths erste Reaktion war reine Panik. O nein, es ist also wahr, dachte sie und stand kurz davor, auf dem Absatz kehrt zu machen und so schnell sie konnte davonzulaufen. Aber irgendwo tief in ihrem Inneren sagte eine schwache Stimme: »Nein, du bleibst hier! Du wolltest mit Sandra und George sprechen und nicht voreilige Rückschlüsse ziehen!« Denn sie taten ja absolut nichts Schlimmes. Sie standen einfach nur nebeneinander. Das bewies noch gar nichts.

Besonders dann nicht, als sich herausstellte, daß sich die Flugschüler in alphabetischer Reihenfolge aufgestellt hatten. Elizabeth griff verzweifelt nach dieser Erklärung. Warren, Wilson ... ja, es gab einen ganz plausiblen Grund, warum die beiden nebeneinander standen.

Doch nur wenige Minuten später war ihre neu entstandene Hoffnung schon wieder zerstört. Aus einiger Entfernung schaute Elizabeth zu, wie George vortrat und seinen Pilotenschein in Empfang nahm, dicht gefolgt von Sandra. Und die Glückwünsche, die sie austauschten, nachdem sie beide ihren Schein in der Hand hielten, waren entschieden mehr als rein freundschaftlich. Elizabeth wäre am liebsten im Boden versunken. Aber sie wartete einfach ab, bis sie ihre Umarmung beendet hatten, und ging dann zu den beiden hinüber.

George entdeckte sie zuerst. »Liz!« rief er aus und hörte sich ziemlich erschrocken an. Er und Sandra wechselten einen schnellen, nervösen Blick und wichen hastig auseinander. Aber das hatte jetzt auch keinen Sinn mehr.

Sandra hatte verlegen ihren Kopf gesenkt. »Du hast schon eine ganze Weile zugesehen, stimmt's?« fragte sie und richtete ihre Frage mehr an ihre Schuhspitzen als an Elizabeth.

»Ich fürchte ja.« Elizabeth spielte unruhig an ihrem blonden Pferdeschwanz herum. Sie fühlte sich ebenso mies wie die beiden. Sie holte tief Luft und begann dann zu erklären. Sie erzählte von dem Foto, das Tina geschossen hatte, und was sie dabei empfunden und daß sie sich überlegt hatte, der Wahrheit erst auf den Grund gehen zu müssen, ehe sie zu ihren Schlußfolgerungen kam.

»Ich hatte gehofft, es wäre nicht wahr«, schloß sie, »doch jetzt, wo ich weiß, daß es stimmt ... nun ... ich weiß nicht, was ich noch groß sagen soll.« Sie streckte in einer hilflosen Geste ihre Hände in die Luft. Sandra war immer Elizabeths Freundin gewesen, und auch mit George hatte sie schon viele wunderbare Stunden erlebt – am Strand, zusammen mit Enid und Ted, wenn sie als zwei Pärchen zusammen zum Essen ausgegangen waren oder wenn sie samstagabends in die Stranddisco gefahren waren.

Normalerweise konnte Elizabeth mit jedem von ihnen über alles frei und offen reden, doch in diesem Augenblick war sie einfach viel zu verwirrt, um auch nur ein einziges Wort herauszukriegen. Ein Teil von ihr hätte am liebsten geschrien und gebrüllt und wütend mit den Füßen auf den Boden gestampft. Der andere Teil wäre am liebsten still und heimlich verschwunden und hätte am liebsten so getan, als wäre überhaupt nichts geschehen.

»Liz«, begann George etwas unbeholfen, »ich werde das Ganze nicht noch dadurch schlimmer machen, als es sowieso schon ist, indem ich dir etwas anderes als die reine Wahrheit erzähle. Ja, es ist wahr. Sandra und ich … nun ja … wir haben uns eben ineinander verliebt!«

Er warf Sandra einen zärtlichen, beinahe erstaunten und faszinierten Blick zu. Dann fing er sich wieder und konzentrierte sich erneut auf Elizabeth. »Aber du mußt mir einfach glauben, Liz, so komisch und merkwürdig es sich vielleicht auch anhören mag, wir beide haben selbst ziemlich lange noch gehofft, daß es nicht geschehen würde. Wir haben uns immer wieder gesagt, daß es nur Freundschaft ist, nicht mehr. Und wir haben gegen unsere Gefühle angekämpft, weil es da noch Enid und natürlich auch Allen gibt.«

Allen Walters war Sandras fester Freund. Er war ein schüchterner, intelligenter und netter Junge, der sich mit Sandra zu einer Zeit angefreundet hatte, als sich niemand sonst für sie interessierte. Und Sandra war kein einziges Mal mit jemand anderem außer Allen ausgegangen. Bis heute.

»Aber am Ende konnten wir einfach nicht mehr die Augen davor zumachen, was mit uns passiert war«, fuhr George fort.

Elizabeth biß sich heftig auf ihre Unterlippe. Wahrscheinlich hätte sie jetzt George wegen seiner Ehrlichkeit applaudieren sollen, doch in diesem Moment konnte sie an nichts anderes als an ihre beste Freundin denken. Elizabeth konnte sich Enids Gesicht nur zu gut vorstellen. Sie wußte, wie Enids grüne Augen jedesmal zu strahlen und zu funkeln begannen, wenn sie George nur sah und mit ihm zusammen war. »Wie konntest du Enid das nur antun?« fragte sie schließlich. Sie mußte mehrmals schlucken, weil ihr ein dicker Kloß im Hals zu stecken schien.

Eine Träne löste sich aus Sandras Auge und lief über ihre Wange. Und dann begann sie richtig zu weinen. »Ach, Liz, wir wollten doch selbst nicht, daß es soweit kommt. Ehrlich nicht. Ich meine, Enid war doch immer nur so nett und lieb zu mir und Allen ... er ist wirklich so ziemlich der netteste Junge auf der ganzen Welt. Aber ... aber George und ich können doch nichts dafür, wie wir füreinander fühlen, oder?« Sandra schluchzte.

Elizabeth war voller Mitleid, als sie die Tränen über Sandras Gesicht rollen sah. »Nein, wahrscheinlich nicht«, antwortete sie und seufzte tief. »Und ich wünschte mir von ganzem Herzen, daß ich mich für euch freuen könnte.«

»Aber kannst du das denn nicht?« meinte George. »Liz, für mich bist du immer eine gute Freundin gewesen. Bitte, das soll sich jetzt auch nicht ändern.

Laß das nicht zu.« Seine grauen Augen flehten sie förmlich an.

Auf Elizabeths Gesicht malten sich Schmerz und Verwirrung ab. Wem galt ihre Treue? »Natürlich bist du mein Freund, George«, sagte sie kläglich, »aber ich kann den Gedanken einfach nicht ertragen, Enid auch nur eine einzige Minute unglücklich sehen zu müssen.«

»Ich auch nicht.« Georges Worte kamen leise, und in seinen Augenwinkeln glänzten Tränen. »Aus diesem Grund wird es ja auch so verdammt schwer werden, ihr alles zu erzählen.«

»Aber du wirst es ihr erzählen.« Elizabeth erklärte das ganz entschieden, und ihr Tonfall schien keinen Widerspruch zu dulden. »Ich denke, es wäre wohl kaum fair, es ihr zu verschweigen.« Das war das erste, dessen Elizabeth sich ganz sicher war, seit sie mit dem Fiat auf den Parkplatz des Flughafens gefahren war.

George nickte. »Wir haben uns heute nachmittag hier auf dem Flughafen verabredet. Ich habe Enid den ersten Flug versprochen, sobald ich meinen Pilotenschein in der Hand habe.«

»Ja, ich kann mich erinnern. Sie freut sich schon so wahnsinnig darauf, weißt du.« Elizabeth hatte an der Vorfreude und Begeisterung ihrer Freundin schon die ganze letzte Woche teilgehabt, doch jetzt lag nur noch wenig Freude in ihrer Stimme. Wenn Enid nur den Preis gekannt hätte, den sie dafür zahlen mußte, daß sie einmal mit George fliegen konnte!

»Ich weiß«, erwiderte George langsam. »Und ich werde ihr diesen ersten Flug auch nicht vorenthalten. Aber sobald wir wieder gelandet sind, werde ich ihr wohl alles erzählen müssen.«

»Und ich habe heute morgen schon mit Allen über

alles gesprochen.« Sandra schniefte, und wieder rollten die Tränen.

Auf der Startbahn rollte gerade eine zweisitzige Maschine an. Nur um George und Sandra nicht ansehen zu müssen, schaute Elizabeth dem Flugzeug nach. »Ja, ich glaube, mehr kann man wohl kaum von euch erwarten«, antwortete sie, doch ihre Worte klangen traurig und leer. Es war so schrecklich unfair! Enid würde todunglücklich sein, und es gab absolut nichts, was Elizabeth hätte unternehmen können, um daran etwas zu ändern.

Es war ein bedrückter Abschied, als Elizabeth ging. Sie hatte getan, was sie sich vorgenommen hatte – sie hatte herausgefunden, was sie hatte herausfinden wollen – doch jetzt fühlte sie sich noch miserabler als auf der Fahrt hier heraus. Noch vor einer halben Stunde oder so hatte es einen wenn auch winzigen Hoffnungsschimmer gegeben. Und jetzt war nichts mehr geblieben. Nur noch das harte, kalte, schreckliche Wissen darum, daß auf Enid heute noch ein fürchterlicher, herzzereißender Schock wartete. Doch selbst Elizabeth hatte keine Ahnung, was für einen üblen und harten Schlag das Schicksal ihrer besten Freundin noch versetzen würde.

10

Lillian raffte all ihre Kraft zusammen und versuchte, sich aus ihrem Himmelbett zu erheben. Doch ihre Arme und Beine fühlten sich entsetzlich schwach und wie Gummi an. Ihr Kopf war, als wäre er mit Zement gefüllt. Fast unmittelbar, nachdem sie versucht hatte aufzustehen, fiel sie auch schon wieder auf ihre Kissen zurück.

»Mist!« brummte sie wütend. Das Zimmer drehte sich um sie. »Ich darf heute nicht krank werden! Ich will nicht, ich will einfach nicht!« Sie machte einen weiteren Versuch aufzustehen. Allein mit ihrem Willen schaffte sie es schließlich, ihre Beine aus dem Bett zu schwingen, über den Rand der Matratze, so daß sie aufrecht dasaß.

»Gut. Ein Schritt nach dem anderen«, ermutigte sie sich selbst. Vorsichtig setzte sie ihre Füße auf den Boden und wuchtete sich mit aller Kraft hoch. Doch sie spürte, daß ihre Beine sofort wieder nachgeben wollten und daß sie zusammenzubrechen drohte. Sie stützte sich schnell an ihrem Nachttisch ab und schaffte es so, ihr Gleichgewicht wiederzufinden. Dann machte sie ein paar Schritte zu dem großen Wandspiegel an der Tür zu ihrem großen begehbaren Wandschrank.

Als sie ihr Spiegelbild sah, stieß sie unwillkürlich einen entsetzten Schrei aus. Ihre Augen waren verquollen, blutunterlaufen, und dunkle, bläuliche Ringe hatten sich darunter gebildet. Ihre Nase war ganz rot, und ihre Wangen hatten überhaupt keinerlei Farben mehr. »Warum ausgerechnet heute?« schrie sie und stampfte wütend mit ihrem Fuß auf den Boden.

Der Lärm rief Eva, die kleine, weißhaarige Haushälterin der Fowlers auf den Plan. Erschrocken kam sie in Lillians Zimmer gestürmt. »Lillian, Liebes, geht es dir gut?« rief sie, während sie auf Lillian zulief.

»Nein, es ist nichts. Mir geht es blendend«, sagte Lillian kläglich und starrte immer noch ihr Spiegelbild an. »Genaugenommen sehe ich wie eine Mischung aus Dracula und der Hexe aus dem großen Zauberwald aus. Kannst du mir vielleicht helfen, Eva?«

Eva warf nur einen kurzen Blick auf Lillians bleiches Gesicht. »O ja, ich werde dir ganz sicher helfen können«, meinte sie. »Und zwar werde ich dich als erstes umgehend wieder in dein Bett schicken.«

»Aber ...«

»Kein aber! Und dann werde ich Dr. Johnstone anrufen und ihn sofort hierher bitten.« Eva verschränkte energisch ihre Arme vor der Brust.

»Nein!« rief Lillian. Ihre Augen drückten ihre Bestürzung deutlicher als alle Worte aus. »Was mir fehlt, ist ein bißchen Make-up oder so. Ich sehe einfach nur schlimmer aus, als es mir tatsächlich geht.« Sie ärgerte sich über sich selbst, daß sie es zugelassen hatte, daß Eva sie in diesem Zustand gesehen hatte. Doch Eva schüttelte nur ihren Kopf.

»Ab ins Bett, Lillian. Sofort!«

Aus langer Erfahrung wußte Lillian nur zu gut, daß es überhaupt keinen Sinn hatte, Evas Meinung noch ändern zu wollen, wenn sie erst einmal zu einem Entschluß gekommen war. Sie wirkte zwar zerbrechlich und sanft, aber dahinter steckte ein Kern eiserner Entschlossenheit und Unnachgiebigkeit.

Zähneknirschend erlaubte sie es Eva, sie wieder zurück zum Bett zu führen und ihr dann hinein zu helfen. In Wahrheit war es jedoch ein wunderbares Gefühl, wieder im Bett liegen zu können. Aber Lillian dachte gar nicht daran, das auch Eva gegenüber zuzugeben. »Bitte, Eva«, bettelte sie, »ich bleibe jetzt noch eine Weile ruhig hier in meinem Bett liegen. Aber du holst keinen Arzt, einverstanden? Ich bin ganz sicher, daß ich mich in einer Stunde oder so schon wieder viel besser fühle, wenn ich noch etwas ausruhe.«

Eva seufzte. »Es muß mit einem Jungen zusammenhängen. Du hattest eine große Verabredung für heute abend, stimmt es nicht?«

»Nun … ja«, gestand Lillian. »Aber ich glaube nicht, daß du das wirklich verstehst, Eva …«

Eva lachte. »Natürlich verstehe ich dich, mein Liebes. Ich weiß, daß es kaum zu glauben ist, aber ich war auch mal so jung wie du.«

»Dann läßt du mich gehen?« sagte Lillian schwach.

»Tut mir leid«, antwortete Eva entschieden. »Du wirst ihn wohl anrufen müssen und eure Verabredung auf einen anderen Abend verschieben. Den einzigen Mann, den du heute abend noch sehen wirst, ist Dr. Johnstone.«

Lillian stöhnte. »Kommst du dir eigentlich nicht wie ein Unmensch vor, wenn du dich der wahren Liebe einfach so in den Weg stellst?«

Eva lächelte amüsiert. »Lillian, wenn er wirklich ein netter, anständiger junger Mann ist, dann wird er auch warten können.«

Da hat sie recht, überlegte Lillian. Außerdem handelte es sich in diesem Fall ja auch noch nicht einmal um einen gewöhnlichen Jungen. Es ging um Jack, ihren Verlobten. Was für einen Unterschied machte schon ein Abend, wenn man an die Ewigkeit dachte? Jack würde das ganz bestimmt verstehen.

»Du hast gewonnen«, sagte sie schließlich zu Eva und griff nach dem Blatt Papier, auf das Jack seine Adresse und Telefonnummer geschrieben hatte. Eva brachte ihr das taubenblaue Telefon, und Lillian wählte seine Nummer. Sie und Jack würden ihre Verlobung eben ganz einfach an einem anderen Abend feiern.

Jessica legte den Hörer des Telefons auf der ersten Etage mit einem solchen Lächeln wieder auf, daß man hätte denken können, sie hätte gerade eben eine Million Dollar gewonnen. Dann lief sie, so schnell sie konnte, in Elizabeths Zimmer und warf sich auf das Bett, auf dem ihre Zwillingsschwester bereits saß. Elizabeth schaute sich die ersten Exemplare der neuesten Ausgabe des »Oracle« an. Jessica hatte vor lauter Aufregung glühende Wangen.

Liz schaute auf. »Laß mich raten«, sagte sie. »Du hast eben mit der Königin von England telefoniert.«

»Viel besser!« antwortete Jessica, und ihre blaugrünen Augen funkelten dabei vor Glück. »Jack hat mich angerufen.«

»Und?« Elizabeth zog eine Augenbraue fragend hoch. »Hat er die Neuigkeit von ihm und dir Lillian endlich mitgeteilt?«

»Natürlich, du Dummchen. Und heute abend werden wir beide ausgehen, um das zu feiern. Hast du vielleicht auch nur einen Augenblick daran gezweifelt, daß er ihr alles erzählen würde? Warte ... nein, gib mir keine Antwort auf meine Frage, Liz.« Jessica runzelte ganz leicht ihre Stirn. »Aber du hättest es wirklich nicht bezweifeln sollen.« Das Stirnrunzeln verschwand, und Jessica begann zu lächeln. »Ich meine, warum sollte ein Typ auch nur auf die Idee kommen, seine Zeit mit Lillian zu verplempern, wenn er doch mit mir was unternehmen kann?« Sie strich sich mit der Hand langsam durch ihr Haar und versuchte, wie eine *Femme Fatale* zu wirken.

Elizabeth knuffte ihr spielerisch auf den Arm. »Ach, ja, mein Schätzchen, du bist einfach viel zu wun-der-schön! Die Jungs rennen uns ja schon direkt die Tür ein, nur um dich zu sehen! Und wenn man's genau nimmt, bist du mindestens genauso wun-der-schön wie ich.« Elizabeth ahmte Jessicas Femme-Fatale-Positur nahezu perfekt nach.

»So wunderschön wie du, Lizzie?« meinte Jessica, ohne eine Miene zu verziehen. »Niemals!« Und dann brachen die beiden Schwestern auf dem Bett in Lachkrämpfen zusammen.

»So ist es schon viel besser.« Jessica gluckste immer noch vor lauter Lachen und gab ihrer Schwester einen spielerischen Klaps. »Es macht keinen besonderen Spaß, dich immerzu mit dieser Jammermiene herumlaufen zu sehen. Du bist mir schon fast wie ein Prediger des Jüngsten Gerichts vorgekommen. Ehrlich, wenn man dich in letzter Zeit angesehen hat, dann konnte man leicht glauben, daß die Welt morgen unterginge.«

Jessicas Bemerkungen erinnerten Elizabeth sofort wieder an das, was sie schon den ganzen Nachmittag über beschäftigt hatte. Nicht morgen geht die Welt unter, dachte sie, sondern schon heute abend. Und zwar nicht für mich, sondern für Enid. Wieder verdunkelte Kummer ihr hübsches Gesicht.

Jessica schlug sich mit der Hand gegen die Stirn. »Ich und mein großes Maul!« schimpfte sie mit sich selbst. »Liz, es tut mir leid. Ich wollte dir wirklich nicht wieder die Laune verderben. Aber kannst du mir vielleicht mal verraten, was eigentlich dein Problem ist? Die zusätzliche Arbeit für den ›Oracle‹ hat dich geschafft, stimmt's?«

Elizabeths Miene hellte sich wieder etwas auf. »Ja, ich bringe nachher noch einen Vorabdruck zu Penny rüber, und in meinen Augen sieht die neue Nummer super aus, wenn ich mich mal selbst loben darf. Willst du das neue Heft haben?« Sie hielt ihrer Schwester den Vorabdruck hin und hoffte, damit die Unterhaltung von ihren eigentlichen Problemen abzulenken. Selbst wenn sie jemandem anvertrauen könnte, was sie wirklich beunruhigte, dann würde Jessica ganz bestimmt nicht ihre erste Wahl sein.

Denn die würde garantiert kein Mitgefühl oder Sympathie für Enid empfinden.

Elizabeth stieß einen kleinen Seufzer der Erleichterung aus, als ihre Schwester das Heft nahm und darin zu blättern begann. Für den Augenblick wenigstens war sie aus der Klemme.

Recht oberflächlich überflog Jessica die neuesten Nachrichten und schlug dann zielstrebig die Seite mit »Eyes and Ears«, der Klatschkolumne ihrer Schwester auf. Diese Kolumne war Jessicas Lieblingsseite in der ganzen Schülerzeitung, und sie war immer richtig stolz darauf, wenn sie sagen konnte, daß ihre Zwillingsschwester die neuesten Klatschnachrichten geschrieben hatte. »Hm«, machte sie. »Ist Jamie Duncan nicht dieser wirklich süße Schwimmer, der erst kürzlich aus Florida zu uns gekommen ist? Wieso hast du mir eigentlich von ihm und Emily Mayer noch nichts erzählt?«

»Du hast nicht danach gefragt«, antwortete Elizabeth unbekümmert. »Abgesehen davon weißt du es ja jetzt.«

»Wie konnte das nur so schnell bei den beiden funken?« fragte Jessica nachdenklich.

»Wie man so hört, war Jamie von Emilys Schlagzeugspiel beim letzten Konzert der Droids ganz aus dem Häuschen«, verriet Liz ihrer Schwester. Die Droids waren Sweet Valleys Nummer-Eins-High-School-Band, und alle waren fest davon überzeugt, daß sie eines Tages noch zu Ruhm und Ehren kommen würden. »Nach dem Konzert ist er zu ihr hinter die Bühne gegangen und hat sich selbst vorgestellt. Dann kam eben eins zum anderen.«

Jessica stieß einen Pfiff aus. »Er ist ein ziemlich kesser Bursche, was?« Dann kam ihr noch ein Gedanke und sie warf Elizabeth einen merkwürdigen Blick zu. »Weißt du, Lizzie, manchmal bringst du mich richtig zum Staunen. Ich meine, du tratschst doch sonst nie über andere Leute, und du hörst auch nie auf irgendwelche scheußlichen Gerüchte. Aber auf deine eigene ruhige Art weißt du trotzdem absolut alles. Wie machst du das eigentlich?« Eine Spur von echter Bewunderung klang in Jessicas Stimme mit.

Elizabeth zuckte mit den Schultern. »Das ist eben die Arbeit einer Journalistin«, antwortete sie. »Weißt du ... du mußt in deiner Cheerleader-Gruppe ja auch bei allen möglichen verrückten Übungen unheimlich gut sein. Tja, und ich muß als Mitarbeiterin des ›Oracle‹ eben alles wissen, was sich an unserer Schule so tut.«

»Das erklärt aber immer noch nicht, wie du das anstellst«, sagte Jessica hartnäckig. »Na ja, jedenfalls kannst du schon sehr bald eine ganz heiße Geschichte über deine eigene Schwester bringen« – ungeduldig lenkte sie ihre Unterhaltung endlich wieder auf ihr Lieblingsthema: sich selbst – »und natürlich auch über ihren neuen, berühmten Freund.« Jessica hätte nie zufriedener aussehen können als in diesem Moment.

Elizabeth verdrehte die Augen. »Ach ja! Der Prinz in seiner geheimnisvollen Verkleidung«, zog sie ihre Schwester auf. Auch wenn sie ihre Einstellung Jack gegenüber in der letzten Zeit etwas gelockert hatte, hielt sie all das Gerede über seine womöglich adlige Abstammung doch für reichlich weit hergeholt.

Aber Jessica war viel zu sehr damit beschäftigt, an ihren Jack zu denken, als daß sie den Unterton von Ironie in Elizabeths Bemerkung mitbekommen hätte. Sie seufzte. »Ist das nicht wahnsinnig aufregend?« meinte sie und vergaß darüber beinahe die neueste Ausgabe der Schülerzeitung in ihrer Hand. »Und ich wette, daß ich heute endlich erfahren werde, wer er in Wirklichkeit ist. Stell dir das doch nur mal vor, Lizzie. Die Enthüllung des großen Geheimnisses um meinen Prinzen!«

Vorsichtig zog Elizabeth den »Oracle« ihrer Schwester aus der Hand und legte ihn auf ihren Schoß. »Ich nehme an, daß er dich heute auch an einen angemessen vornehmen Ort ausführt?« bemerkte sie spöttisch.

»Nein, das ist ja gerade das Tolle an Jack. Er kokettiert weder mit dem großen Namen seiner Familie noch mit deren Reichtum oder sonstwas. Jeder Cent, den er ausgibt, ist ein Cent, den er sich auch im Schweiße seines Angesichts selbst verdient hat. Genau wie alle anderen einfachen, schlichten Menschen auch. Ist das nicht ganz besonders vornehm und edel?«

»O Gott«, murmelte Elizabeth leise vor sich hin.

Doch Jessica bekam überhaupt nichts mehr mit. Sie ging völlig in den Visionen des Abends auf, der noch vor ihr lag. »Und deshalb geht er mit mir zu Guido's zum Essen. Ist das nicht einfach phantastisch?«

In diesem Punkt mußte Elizabeth ihrer Zwillingsschwester ja recht geben. Bei Guido's gab es die mit Abstand beste Pizza in ganz Kalifornien – vielleicht sogar die beste der ganzen Welt, überlegte sie. »Klingt nicht übel, Jessie«, bestätigte ihr Elizabeth. Doch sie hatte das Gefühl, sie hätte ihrer Schwester jetzt erzählen können, Guido's sei am Morgen abgebrannt, und Jessie hätte trotzdem mit keiner Wimper gezuckt.

Mit einem glücklichen Lächeln auf den Lippen befand sich Jessica in diesem Moment ausschließlich in ihrer eigenen kleinen heilen Welt. Und diese Welt war ausschließlich für zwei Menschen geschaffen. Jack war dort ihr Prinz und Jessica seine einzige und geliebte Prinzessin.

11

Jessica nahm sich das letzte Stück von Guido's Spezial-Pizza, die mit nicht weniger als sechs verschiedenen Gemüse- und Fleischsorten, viel Tomatensoße und einer dikken Schicht Mozzarella belegt war.

»Wenn du eine Note auf einem Maßstab von eins bis zehn vergeben solltest, welche Note würdest du dann dieser Pizza geben?« fragte Jack.

Jessica probierte einen Bissen. »Also, ich würde dieser Pizza hier eine … neun Komma neun geben«, verkündete sie schließlich.

»Nicht schlecht«, sagte Jack lachend. »Aber warum gibst du ihr dann nicht gleich eine zehn?«

Jessica leckte sich die Soße von ihren Fingern. »Tja, was ist denn schon absolut perfekt?« fragte sie und dachte sie im stillen: Abgesehen von dir vielleicht? An diesem Nachmittag fand sie Jack nämlich ganz besonders attraktiv und gutaussehend. Über einem hellen Hemd trug er einen dunkelbraunen Pullover. Jedesmal, wenn Jessica ihn anschaute, lief ihr ein wohliger Schauer den Rücken hinauf und hinunter.

»Weißt du, Jessica«, bemerkte Jack, »ich bin mir nicht so sicher, ob ich diese weitverbreitete Ansicht ebenfalls teile. Ich persönlich halte es für durchaus möglich, daß es so etwas wie Vollkommenheit gibt.«

»Ach?« sagte Jessica, stützte sich auf ihrem rechten Ellbogen auf, beugte sich zu ihm vor und blickte ihn an. »Und du hast schon einmal diese absolute Vollkommenheit irgendwo erlebt oder erfahren?«

Ein versonnener Ausdruck schlich sich in Jacks Augen. »Ja, ich war einmal mit meiner ganzen Familie unten in der Karibik ... ich weiß nicht, ob ich dir schon erzählt habe, daß wir ein kleines Häuschen da unten besitzen.«

»So?« Jessica stellte sich vor, wie sie sich in einem absolut winzigen Bikini auf einem weißen Privat-Sandstrand vor einem Palast in der Sonne räkelte. Das »kleine Häuschen«, wie Jack es so bescheiden genannt hatte, war natürlich ein richtiger Palast. »Es muß wunderbar dort sein«, meinte sie verträumt.

»Ja, es ist wirklich ein richtiges kleines Paradies«, gab Jack ihr recht. »Na ja, jedenfalls entschlossen sich meine Schwester Valerie und ich eines Tages, daß wir mit unserem Boot zum Tauchen hinausfahren müßten. Es war an einem dieser perfekten Tage in der Karibik. Es ging eine leichte Brise, und die Sonne schien von einem blauen Himmel auf uns herab. Das Wasser war klar, kühl und von einem türkisfarbenen Blau ... so ungefähr wie deine Augen hat es ausgesehen.« Jack unterbrach seine Erzählung und strahlte Jessica mit seinem unwiderstehlichen Lächeln an. Jessicas Herz schlug Purzelbäume, auf die jeder Weltklasse-Turner stolz gewesen wäre.

»Kurz und gut, es war einer jener Tage, an denen du ganz sicher weißt, daß etwas ganz Besonderes passieren wird«, fuhr Jack fort. »Und so war es auch. Valerie und ich haben ein wirklich unglaubliches Korallenriff entdeckt. Dort unten fanden wir eine ganz neue Welt. Es war anders als alles, was ich jemals vorher gesehen hatte. Dort gab es Fische, die wie Neonlichter in allen Farben des Regenbogens leuchteten. Und eine fremde, unbekannte Vegetation, wie man sie nur im Meer finden kann ...« Jacks Augen glänzten. »Ich weiß, daß sich das wahrscheinlich für dich ein bißchen verrückt anhören wird, aber wir fühlten uns wirklich wie Christoph Columbus, der gerade Amerika entdeckt hatte. Nur Valerie und ich, allein mitten auf dem weiten Meer. Auf der Wasseroberfläche über uns schimmerte die Sonne ... Und genau an diesem Tag hatte ich das Gefühl, daß ich endlich wußte, was absolute Vollkommenheit sein mußte ...«

Plötzlich wurde Jack ganz still. Er starrte auf einen Punkt unmittelbar hinter Jessica, und sein Gesicht war auf eine sehr seltsame Art und Weise zu einer Grimasse verzerrt. Jessica erschien dieser Gesichtsausdruck wie eine Mischung aus Angst und blankem Haß.

Dann drehte sich Jessica schnell auf ihrem Platz herum und entdeckte den großen, gutaussehenden Nicholas Morrow, der gerade eben in Begleitung eines schlaksigen rothaarigen Jungen, den sie nicht kannte, Guido's Pizzeria betrat. Sie setzten sich ein paar Tische weiter neben den künstlichen Wasserfall an der Rückseite der Gaststätte hin.

»Jack, was ist denn los?« fragte Jessica beunruhigt. Sie setzte sich so hin, daß sie sowohl ihren Freund als auch die beiden Neuankömmlinge gleichzeitig im Auge hatte. »Stimmt irgendwas mit Nicholas nicht?« Sie mußte wieder an Jacks merkwürdige Reaktion denken, als die beiden Jungs sich auf Lillians Party vorgestellt worden waren.

»Nein, nein, mit Nicholas ist nichts «, antwortete Jack. Doch Jessica spürte dieselbe Schärfe und Ablehnung in seiner Stimme, die sie auch in jener Nacht am Strand bei ihm gehört hatte, als sie ihn auf Lillian angesprochen hatte. Jacks Augen wirkten irgendwie glasig und trüb, und seine Knöchel traten weiß hervor, als er mit den Händen die Tischkante umklammerte. Irgendwie sah es fast so aus, als würde in seinem Inneren irgendein ihr unbekannter Kampf toben.

Aber warum nur, überlegte Jessica. Versucht er,

sich unter Kontrolle zu bringen, seine Beherrschung zu behalten?

Wie auch an jenem Abend spürte Jessica, wie eine seltsame, unergründliche Angst sie überkam. Doch genauso schnell und plötzlich, wie dieser grimmige Ausdruck auf Jacks Gesicht aufgetaucht war, verschwand er auch wieder. »Es geht wirklich nicht um Nicholas«, wiederholte er dieses Mal überzeugender. Jessica spürte, wie sie sich ein wenig entspannte.

In diesem Augenblick entdeckte Nicholas sie und winkte ihnen freundlich zu. Jessica erwiderte seinen Gruß, doch Jack senkte nur seinen Kopf und wandte schnell seinen Blick ab. »Jessica«, sagte er, und wieder klang seine Stimme so seltsam angespannt. »Wenn du fertig bist, dann gehe ich jetzt bezahlen. Wir treffen uns draußen an meinem Wagen, einverstanden?«

»Einverstanden«, antwortete Jessica. Sie war völlig verwirrt. Irgend etwas stimmte hier nicht. Jacks ansonsten ruhiges, zuvorkommendes Auftreten hatte sich zu einem höchst beunruhigenden Verhalten verändert. Ganz offensichtlich stand das in irgendeinem Zusammenhang mit Nicholas und seinem Freund, denn Jack bemühte sich nach Kräften, um den beiden aus dem Weg zu gehen.

Aber warum? Jack blieb nicht mehr lange genug an ihrem Tisch, um Jessica diese Frage beantworten zu können. In Sekundenschnelle war er durch das Restaurant geeilt und stand jetzt an der Kasse, um ihr Essen zu bezahlen.

Ausgesprochen verwirrt stand Jessica nun ebenfalls auf und folgte ihm aus dem Lokal nach draußen. Auf ihrem Weg blieb sie kurz bei Nicholas und seinem Freund stehen, um ihnen Hallo zu sagen.

Nicholas stellte ihr seinen rothaarigen Freund vor. »Jessica Wakefield, darf ich dich mit David Matson bekanntmachen? Er lebt an der Ostküste und ist zu Besuch bei mir.«

»Freut mich, dich kennenzulernen«, sagte Jessica geistesabwesend. Ihre Augen folgten Jack, der in diesem Augenblick auf den Ausgang zustrebte.

»David und ich haben letztes Jahr gemeinsam den Abschluß an der Privatschule gemacht«, fügte Nicholas hinzu.

Jessica hörte immer noch nicht richtig zu. »Wie schön«, meinte sie und sah, wie Jack durch die Tür verschwand. »Ich möchte wirklich nicht unhöflich zu euch sein, aber draußen wartet jemand auf mich.« Sie verabschiedete sich und beeilte sich dann, Jack zu folgen.

Er stand draußen an seinem weißen alten Rambler, lehnte sich lässig dagegen und schien seine Fassung und Ruhe wiedergefunden zu haben. »Das tut mir alles schrecklich leid, Jessie«, sagte er sofort und nahm ihre Hand. »Ich glaube, ich schulde dir eine Erklärung für mein unmögliches Verhalten.«

Jessica schwieg. Ihre Verabredung mit diesem Jungen hatte plötzlich einen höchst unerquicklichen Beigeschmack bekommen, und das gefiel ihr absolut nicht. Wenn Jack sein wirklich merkwürdiges Verhalten erklären konnte, vielleicht gelang es ihnen dann doch noch, wieder zu jener idyllischen, romantischen Stimmung zurückzufinden, in der sie sich noch vor einer Weile befunden hatten.

»Die Wahrheit ist«, begann er, »daß ich glaube, daß ich Nicholas' Freund schon einmal getroffen habe.«

»David?« fragte Jessica.

»Ja, David. So heißt er wohl. Ich hatte Angst, daß er mich wiedererkennt und daß mein Vater auf diese Weise erfahren könnte, wo ich stecke und was ich mache. Jessica, ich möchte mich bei dir wirklich aufrichtig für mein Verhalten entschuldigen. Ich hoffe, daß du mich verstehen kannst.« Das Lächeln, bei dem Jessica immer solches Herzklopfen bekam, lag wieder auf Jacks Gesicht. Er war so charmant wie immer.

Jessica seufzte erleichtert auf. Gott sei Dank! Es gab also wirklich eine ganz vernünftige Erklärung für Jacks Verhalten. Vielleicht war seine Reaktion ein bißchen übertrieben gewesen, aber was war schon dabei? Schließlich war er eben auch nicht hundertprozentig perfekt. Das war alles. Jedenfalls war er unglaublich attraktiv. Und ein einflußreicher und bedeutender Junge noch dazu, erinnerte sie sich.

Sie strahlte ihn an. »Entschuldigung angenommen«, sagte sie. Der Zwischenfall in der Pizzeria gehörte damit ein für alle Male der Vergangenheit an.

»Aber du warst gerade dabei, mir zu erzählen, wie du dieses Korallenriff entdeckt hattest ...« Am Ende ihres Satzes gab sie Jack einen kleinen Kuß auf den Mund.

Jack zog sie näher an sich heran und küßte sie ebenfalls. Es war eine sanfte, liebevolle und lang dauernde Umarmung. »Ja richtig, das Korallenriff«, meinte er leise, als sich ihre Lippen schließlich wieder voneinander lösten. »Ich habe ein paar tolle Unterwasseraufnahmen gemacht. Ich habe sie in meiner Wohnung. Wenn du Lust hast, sie dir mal anzuschauen ...«

»In deiner Wohnung?« Jessica zögerte nur einen Augenblick. »Klar, ich würde wahnsinnig gern eine Weile mit zu dir kommen. Ich habe Liz gesagt, daß wir uns mit ihr, Ted und ein paar anderen Leuten später vielleicht draußen am Secca Lake treffen. Aber vorher können wir ja ruhig eine Weile zu dir fahren. Klar, warum nicht?« Sie schlug jeden Gedanken an Vorsicht in den Wind. Auch wenn manche Leute nicht viel davon hielten, wenn man zu einem Jungen nach Hause mitgeht, den man erst seit ein paar Wochen kennt, ihr war das egal. Sie war eben nicht »manche Leute«, und außerdem sah Jack viel zu gut aus, als daß sie seinen Vorschlag hätte ablehnen wollen.

Und ganz abgesehen davon würde sie in seiner Wohnung ganz bestimmt auch Anhaltspunkte über sein früheres Leben finden. Bestimmt gab es dort Fotografien von seiner Familie, seinem Elternhaus oder sonst irgendwas Persönliches. Ja, Jacks Wohnung war haargenau der richtige Ort, um herauszufinden, wer er in Wirklichkeit war.

»Worauf warten wir noch?« fragte Jessica, während sie auf den Beifahrersitz rutschte.

Nicholas Morrow schüttelte den Kopf, während er und David auf die Bedienung warteten. »Ich mache mir wirklich Sorgen um Jessica«, verriet er seinem Freund. »Dieser Typ, mit dem sie vorhin hier war, hat irgend etwas an sich, das mich beunruhigt.«

David fuhr sich durch sein kurzgeschnittenes rotes Haar. »Beunruhigt?« fragte er. »Wie meinst du das?«

»Tja, das ist es ja gerade«, antwortete Nicholas. »Ich kann es nicht genau sagen. Aber schon, als ich ihm zum ersten Mal begegnet bin, das war vor ein paar Wochen auf einer Party, da hatte ich das unbestimmte Gefühl, daß ich ihn von irgendwoher kenne. Als ich ihn dann gefragt habe, ob ich ihm nicht bekannt vorkäme, ist er mir fast an die Kehle gesprungen. Er hat steif und fest behauptet, daß er mich noch nie vorher gesehen hätte. Doch zuerst hat er mich sehr genau gemustert. Sehr genau. Und dann bin ich ihm ein paar Tage später in der Sweet Valley Mall über den Weg gelaufen. Ich habe ihn freundlich begrüßt, doch er hat so getan, als würde er mich gar nicht kennen. Ich habe ihn dann daran erinnert, daß wir uns auf dieser bewußten Party vorgestellt worden wären. Daraufhin hat er nur irgendein unzusammenhängendes Zeug gebrummt und ist weitergegangen. Ehrlich, ich hatte beinahe das Gefühl, als wäre er betrunken oder so. Er schien wirklich nicht ganz bei sich zu sein.«

»Ich will ja nicht an dem zweifeln, was du sagst«, antwortete David. »Aber andererseits haben deine Überlegungen weder Hand noch Fuß.«

Nicholas lachte. »Das hat man nun davon, wenn man mit jemandem befreundet ist, der mal Rechtsanwalt werden will. Dann findest du also, daß ich diese ganze Geschichte besser wieder vergessen sollte?«

»Nun ... nein, nicht direkt. Aber vielleicht solltest du mal gründlicher über die Fakten und Tatsachen nachdenken. Was glaubst du denn, woher du diesen Burschen kennst?«

»Ich bin mir nicht sicher«, erwiderte Nicholas, »aber er erinnert mich an jemanden, der mir während der ersten paar Wochen auf der Privatschule über den Weg gelaufen ist. Du erkennst ihn nicht zufälligerweise wieder?«

»Ich habe ihn doch höchstens ein paar Sekunden gesehen«, sagte David. »Als du den beiden zugewinkt hast. Und da hielt er den Kopf gesenkt. Aber wenn du mich so direkt fragst, irgendwie bekannt ist er mir auch vorgekommen.«

»Aha!« rief Nicholas triumphierend. »Dann habe ich also doch recht!« Er runzelte die Stirn, als er weiter überlegte, wo er Jessicas neuen Freund schon gesehen hatte.

»Ich frage mich nur, wieso sich Jack solche Mühe damit gibt zu behaupten, daß er mich noch nie getroffen hat?« grübelte Nicholas laut.

Mit einem Mal wurde Davids Gesicht kreidebleich.

»Nicholas«, sagte er, und er klang ziemlich verstört. »Was hast du gesagt, wie der Junge heißt?«

Nicholas bemerkte sofort den alarmierten Ausdruck in den Augen seines Freundes. »Er heißt Jack«, antwortete er. »Seinen Nachnamen kenne ich leider auch nicht.«

»Ja, du hast recht gehabt«, erklärte David. Seine Stimme war jetzt nicht mehr als ein verängstigtes Flüstern. »Er ist wirklich mit uns zusammen zur Schule gegangen ... bis man ihn rausgeschmissen hat. Und deine Freundin – Jessica – es kann wirklich sehr gut sein, daß sie jetzt in echten Schwierigkeiten steckt!«

»He, David, wovon redest du?« Nicholas klang inzwischen ebenso verängstigt wie sein Freund.

»Kurz bevor du von deiner früheren Schule zu uns gekommen bist, ist etwas geschehen«, erzählte David. »Als du dann bei uns warst, war die ganze Geschichte schon wieder geregelt und in Ordnung gebracht. Daher kann es gut sein, daß du nicht viel von dieser Sache gehört hast. Einer der Schüler, ein gewisser Jack – ja, ich bin mir jetzt ziemlich sicher, daß es genau derselbe Jack ist – hat ein Mädchen mit dem Messer bedroht und ausgeraubt. Es war außerdem seine feste Freundin.«

»Ach du meine Güte!« stieß Nicholas entsetzt aus. »Das darf doch wohl nicht wahr sein! Ich meine, ich habe mir ja schon die ganze Zeit gedacht, daß irgendwas an diesem Typ nicht stimmt, aber ich hätte mir ja nicht träumen lassen ...« Ihm blieben die Worte im Hals stecken, als ihm richtig bewußt wurde, was David gerade eben gesagt hatte und was das bedeuten konnte.

»Es ist wahr«, bestätigte David. »Das Mädchen hat zwar keine Anzeige gegen ihn erstattet, aber er wurde unmittelbar nach Bekanntwerden des Vorfalles von der Schule verwiesen.«

Nicholas sprang auf und packte den Arm seines Freundes. »Dave, wir müssen sofort Jessica finden und sie warnen!«

Die beiden Jungs stürzten aus dem Restaurant und liefen zu Nicholas' Jeep. Sekunden später rasten sie schon vom Parkplatz des Restaurants. »Die Wakefields ... wir müssen unbedingt zu den Wakefields fahren«, sagte Nicholas und gab Gas. »Vielleicht weiß dort jemand, wo Jessica und Jack als nächstes hinfahren wollten.«

Mit quietschenden Reifen nahm der Jeep eine Kurve. »David, was meinst du? Kann so etwas noch mal passieren?« fragte Nicholas. Panik sprach aus jedem seiner Worte.

»Ich weiß es wirklich nicht, Nicholas.« David schien sich große Sorgen zu machen. »Nach diesem Zwischenfall gab es eine Menge eigenartiger Gerüchte über diesen Jack an unserer Schule.«

»Zum Beispiel?« Nicholas trat das Gaspedal noch weiter durch.

»Tja, wenn ich mich recht erinnere, dann sagte man damals, daß er so etwas wie ein moderner Dr. Jekyll und Mr. Hyde war. Die meiste Zeit war er einfach ein prima Kerl und dufter Kumpel. Nett, höflich, eben genau die Art Junge, mit dem jeder gut auskommt und gern zusammen ist. Doch hin und wieder ist er einfach durchgedreht und hat vollkommen die Beherrschung über sich verloren.«

»Warum?« wollte Nicholas wissen.

»Das ist eine ziemlich traurige Geschichte«, begann David. »Wie man sich damals erzählte, ist Jacks ganze Familie bei einem Schiffsunglück ums Leben gekommen, ein paar Jahre, ehe er auf die Schule kam. Es gab eine Schwester, eine jüngere Schwester, wenn ich mich nicht irre, zu der er eine sehr enge Beziehung hatte. Jedenfalls hieß es, daß Jack von dem

Tag an, als alle starben, Zuflucht in seine eigene kleine Phantasie-Welt nahm. In dieser Welt lebte seine kleine Schwester noch, und Jack war all das, was er gern sein wollte.« David schwieg einen Moment.

»Die Situation wurde dann schlimmer, als sein Onkel, bei dem er seit jenem Unfall gelebt hatte, genügend Geld zusammengekratzt hatte, um ihn auf die Schule schicken zu können. Das war ungefähr anderthalb Jahre, bevor du zu uns gekommen bist«, fuhr David dann fort. »Na ja, du weißt doch, wie viele Kinder aus reichen und wohlhabenden Familien auf unserer Schule waren«, erzählte er weiter. »Es sah ganz so aus, als ob Jack in seiner Phantasie-Welt fest davon überzeugt gewesen war, daß er aus einer noch reicheren und berühmteren Familie stammte als alle anderen. Er begann den Leuten wilde Geschichten über sich selbst zu erzählen. Und schon sehr bald hat er, glaube ich, selbst nicht mehr unterscheiden können, was die Wahrheit war und was nicht.«

»Mann, das ist wirklich eine harte Sache«, antwortete Nicholas, während er mit dem Jeep auf den Calico Drive einbog.

»Aber das ist noch lange nicht der schlimmste Teil«, erklärte David. »Ich glaube, daß es mit der Zeit ziemlich schwer für ihn geworden sein muß, sein Doppelleben weiterzuspielen. Zu diesem Zeitpunkt ließ er sich dann auf Drogen ein. Doch dadurch wurde es für ihn nur noch schwerer, seine Probleme in den Griff zu bekommen.«

»Ah, das erklärt dann ja auch, warum er so komisch auf mich gewirkt hat, als ich ihm im Einkaufszentrum begegnet bin«, bemerkte Nicholas und schüttelte den Kopf. »Und was ist noch passiert?«

»Wie es aussah, begann er dann zu stehlen, um das nötige Geld für die Drogen zusammen zu bekommen.

Natürlich brauchte er auch Geld für all die Dinge, mit denen er seinen angeblichen sozialen Status nach außen hin untermauern konnte. Zum Beispiel war er immer einfach perfekt und sehr gut gekleidet.«

»Ja, daran hat sich nichts geändert.« Nicholas bog auf die Auffahrt zum Haus der Wakefields ein, und als der Jeep zum Stehen gekommen war, sprangen er und David sofort heraus.

»Das eigentlich Erstaunliche an der ganzen Sache ist jedoch«, schloß David seinen Bericht, als sie über den schmalen Pfad zur Haustür liefen, »daß er trotz Drogen und allem so lange mit seiner Geschichte durchgekommen ist. Eins ist mal ganz klar: der Bursche ist ein ausgezeichneter Schauspieler. Nach allem, was das Mädchen auf unserer Schule damals ihren Freunden erzählt hat, hat er auch nicht eine Sekunde die Maske fallen lassen. Bis zu jenem Tag, als sie begann, ihm zu viele persönliche Fragen zu stellen und er das Gefühl hatte, daß er sich unter Umständen in seinen eigenen Lügen verfangen könnte. Und in diesem Augenblick ... nun ja, in diesem Moment übernahm eben der Mr. Hyde in ihm die Kontrolle, und er verwandelte sich in einen ausgesprochen gefährlichen Charakter ...«

Nicholas drückte die Klingel der Wakefields. Auf seinem Gesicht lag ein verkniffener, harter Ausdruck. »Wollen wir hoffen, daß wir Jessica noch finden, ehe dasselbe auch mit ihr passiert!«

Elizabeth trat aus der Haustür der Ayalas, und auf ihrem Gesicht lag ein glückliches Lächeln. Die Sache mit Penny und Tina hatte sich auf wunderbare Weise gelöst. Penny war dermaßen stolz auf ihre kleine Schwester, daß sie sie auf der Stelle zur festen Fotografin des »Oracle« ernannt hatte.

Tina ihrerseits hatte ihre große Schwester stürmisch in die Arme genommen und gesagt, daß sie die beste große Schwester auf der Welt und daß sie bisher einfach zu dickköpfig gewesen wäre, um das auch wirklich zu erkennen.

Außerdem war Penny von Elizabeths Arbeit an der Schülerzeitung ungeheuer beeindruckt gewesen. So sehr, daß sie sich entschlossen hatte, sie zur nächsten Chefredakteurin des »Oracle« zu ernennen. Penny würde schon sehr bald ihren Abschluß an der Sweet Valley High machen, und nach den Sommerferien würde ein neuer Chefredakteur ihren Platz übernehmen müssen.

Jetzt, als Elizabeth in ihren Fiat einstieg, war sie voller Stolz über die Tatsache, daß Penny sie für fähig hielt, diesen Job zu bewältigen. Das war wenigstens etwas Positives und lenkte sie von ihren Sorgen um George und Enid ab.

Sie ließ den Motor des kleinen roten Cabrios an und setzte rückwärts aus der Einfahrt zurück. Plötzlich kam ein Jeep um die Ecke gerast und blieb dann mit quietschenden Reifen direkt vor der Einfahrt stehen. Er versperrte dem Fiat den Weg. Elizabeth drehte sich um, um zu sehen, was das sollte.

»Liz! Gott sei Dank haben wir dich gefunden!« Nicholas Morrow sprang aus seinem Wagen und lief auf Elizabeth zu. David war dicht hinter ihm. »Dein Vater hat uns gesagt, daß du auf dem Weg zum Secca Lake wahrscheinlich hier noch vorbeischauen würdest.«

Elizabeth warf nur einen flüchtigen Blick auf Nicholas, doch sein Gesichtsausdruck machte ihr plötzlich schreckliche Angst. »Nicholas ... was ist denn los? Was ist passiert?«

Mit wenigen Worten erklärte Nicholas ihr alles, und Elizabeth wurde kreidebleich. »Mein Gott,

Nicholas! Jessica ist jetzt in diesem Augenblick doch mit Jack zusammen!«

»Ja, das wissen wir«, schaltete sich David ein. »Wir haben gesehen, wie sie Guido's Restaurant verließen. Wir dachten, du wüßtest vielleicht, wo sie als nächstes hinfahren wollten.«

Elizabeth schüttelte ihren Kopf. »Sie können überall sein. Und wie ich meine Schwester kenne, versucht sie im Augenblick wahrscheinlich, ihn über seine Vergangenheit und seine Familie auszuquetschen.« Elizabeth hörte im Geiste wieder Jessicas Worte: »Jede Wette, heute werde ich herausfinden, wer Jack wirklich ist!«

»Und wenn Jessica ihn sehr bedrängt«, sagte Nicholas ernst, »dann wird sie schon sehr bald in großer Gefahr stecken!«

»Ted und die anderen am See werden eben noch etwas auf mich warten müssen. O Nicholas, wir haben jetzt wirklich keine Sekunde mehr zu verlieren!« In Eizabeths Stimme schwang Panik mit. »Aber ich habe keinen blassen Schimmer, wo wir mit unserer Suche anfangen sollen!«

12

Jessica schaute sich in dem kleinen, schäbig möblierten Zimmer um, das Jack sein Zuhause nannte.

»Es sieht vielleicht nicht so besonders aus«, sagte Jack, als ob er ihre Gedanken gelesen hätte, »aber ich habe es jedenfalls ohne jede Hilfe von meinem Vater eingerichtet!«

»Das sehe ich«, antwortete Jessica und versuchte, sich ihre Enttäuschung nicht anmerken zu lassen. Sie hatte zumindest einen winzigen Anhaltspunkt, irgendwelche Erinnerungsstücke an Jacks Vergangenheit erwartet. Doch hier gab es nichts außer dem alten, abgetretenem Teppich auf dem stumpfen Linoleumboden, einer arg mitgenommen Kommode, einem winzigen Tisch mit zwei einfachen Metallstühlen und einer uralten Bettcouch. Angespannt und nervös setzte Jessica sich auf den Rand eines der beiden Stühle. Noch nie zuvor war sie in einer ähnlich finsteren und bedrückend wirkenden Wohnung gewesen.

Jack setzte sich auf die Couch und beobachtete Jessica aufmerksam. »Was ist denn los?« fragte er. »Du wolltest doch unbedingt sehen, wo ich lebe, oder nicht?«

Jessica nickte. »Wahrscheinlich habe ich doch etwas anderes erwartet.«

»Ach?« fragte Jack. Für den Bruchteil einer Sekunde glaubte Jessica wieder diesen glasigen Ausdruck in seinen Augen wahrzunehmen, den sie vorhin schon in Guido's Restaurant bei ihm bemerkt hatte. Doch ehe sie sich dessen ganz sicher sein konnte, wirkte Jack wieder ganz normal.

»Du ahnst ja gar nicht, wie sehr dir eine piekfeine und vornehme Umgebung auf die Nerven gehen kann, wenn du dein ganzes Leben nichts anderes kennengelernt hast«, erklärte Jack.

»Ach wirklich?«

»Ja! Aber du bist ja wohl nicht hierhergekommen, um mit mir darüber zu reden, oder?« Jack versuchte wieder einmal, das Gespräch von seiner Vergangenheit abzulenken. »Du wolltest doch meine Unterwasseraufnahmen sehen.« Er öffnete die Türe des einzigen Schrankes und begann nach seinen Fotografien zu suchen.

Jessica versuchte, ihm über die Schulter zu blicken, ob er nicht wenigstens im Schrank persönliche Gegenstände hatte. Doch dort herrschte ein solches Chaos, das sie nichts erkennen konnte.

»Aha, da haben wir's ja!« Jack zog ein großes Sammelalbum von dem obersten Regalbrett seines Schrankes. Dabei fiel ihm eine Fotografie auf den Boden.

Jessica stand auf, ging hinüber und hob das Bild auf. Darauf war ein vielleicht elf- oder zwölfjähriges kleines blondes Mädchen zu sehen. Sie hatte dasselbe Lächeln und dieselben Augen wie Jack. »Oh, ist das hier vielleicht deine Schwester?« wollte Jessica wissen. Das kleine Mädchen stand vor einem ganz durchschnittlich wirkenden Einfamilienhaus.

Jack ließ das Album auf den Tisch fallen und riß das Foto Jessica fast aus der Hand. »Ja, das ist Valerie«, sagte er. Seine Stimme klang unnatürlich steif und gezwungen.

Jessica warf ihm einen fragenden Blick zu. Für einen Gentleman hatte er sich heute aber wirklich schon mehr als genug sehr wenig gentlemanlike benommen. Sie versuchte, der Situation etwas von ihrer Spannung zu nehmen. »Sie ist sehr hübsch«, meinte sie vorsichtig.

»Ja …« In diesem einen Wort schwang eine seltsame Verlorenheit und Einsamkeit mit.

»Hast du auch neuere Fotos von ihr?« erkundigte sie sich dann.

»Nein!« fuhr Jack sie an.

Dann sah Jessica es erneut: Dieser seltsam glasige Ausdruck war schon wieder in seinen Augen. »Hör mal«, sagte sie ängstlich, »vielleicht ist es besser, wenn ich jetzt wieder gehe.«

Jack ließ sich auf seine Couch sinken und atmete ein paarmal tief ein und aus. »Nein, geh nicht«, bat er. »Ich möchte dir diese Bilder wirklich sehr gern zeigen. Bitte, bleib hier.«

Das war wieder ganz der alte Jack. Der Jack, der einem Stern ihren, Jessicas, Namen gegeben hatte.

Doch jetzt war Jessica auf der Hut. Sie wußte nicht, wie viele dieser seltsam gespannten Augenblicke sie noch bewältigen konnte. »Ich weiß nicht so recht, Jack …«, begann sie zögernd.

Jack hielt ihr seine Hand hin. »Jessica, ich möchte gern mit dir zusammen sein.« Er lächelte sie mit seinem unwiderstehlichen Lächeln an. »Bitte.«

»Na schön«, gab Jessica schließlich nach. Immerhin hatte sie ja lange genug auf diesen Augenblick warten müssen. Jetzt gab es nur noch sie, und Jack und Lillian als Paar waren nicht mehr als ein dunkler Schatten der Vergangenheit. Sie wollte nicht riskieren, daß Jack sich jetzt wieder von ihr abwandte.

Als Jessica sich dann die Fotografien ansah, war sie doch froh, daß sie noch geblieben war. Die Aufnahmen waren wirklich unglaublich schön, und irgendwie, so fand sie, brachten sie ihr Jack noch näher.

Dennoch gab es auch jetzt noch eine Enttäuschung, die ihr die Laune wieder verdarb. Jack schien überhaupt nicht daran zu denken, ihr von seiner Vergangenheit zu erzählen. Und Jessica kam immer mehr zu der Überzeugung, daß sie genauso unwissend, wie sie gekommen war, wieder gehen mußte, wenn sie die Angelegenheit jetzt nicht sofort energisch in die Hände nahm.

»Jack«, sagte sie, und in ihrem Kopf entstand ein Schlachtplan. »Darf ich mal die Toilette benutzen?«

»Direkt da drüben«, antwortete er und zeigte auf eine Tür.

»Und verschwinde bloß nicht in der Zwischenzeit«, witzelte sie und zwinkerte Jack zu. Dann ging sie in sein Badezimmer und schloß die Tür hinter sich. So schnell und so leise sie konnte, fing sie an, das gesamte Badezimmer abzusuchen. Es mußte doch irgend etwas geben, was ihr mehr über ihn verriet: einen Rasierapparat mit seinen Initialen in goldenen Lettern oder ein Medizinfläschchen mit seinem vollen Namen darauf. Jessica öffnete ein Schränkchen und ließ keine Ecke und keinen Winkel aus. Sie überprüfte sogar die Duschkabine.

Und schließlich entdeckte sie in dem kleinen Schränkchen unter dem Waschbecken eine unbeschriftete rechteckige Schachtel. Neugierig hob sie den Deckel ab. Und was sie in der Schachtel sah, ließ sie sofort nach Luft schnappen. Drogen. Rauschgift. Alle möglichen Sorten. Das war nicht die Art Medizinfläschchen, die sie zu finden gehofft hatte.

Dort lagen Pillen und Tabletten in allen nur denkbaren Farben, Größen und Formen. Ein kleines Glas mit einem weißlichen Pulver, ein Plastikbeutel voll mit Marihuana, Pfeifchen, Zigarettenpapier und eine ganze Reihe verschiedener anderer Gegenstände, von deren Verwendungszweck Jessica keinen blassen

Schimmer hatte. Aber sie konnte Ärger erkennen, wenn ihr welcher begegnete.

Das mußte die Erklärung für Jacks merkwürdiges Verhalten sein. Und das warf auch ein neues Licht auf das Chlor im Schwimmbecken, von dem er angeblich diese rotunterlaufenen, verquollenen Augen bekommen hatte. Nun begriff Jessica, warum Jacks Blick so glasig gewirkt hatte und woher seine beunruhigenden Ausbrüche rührten.

Plötzlich wurde ihr auf sehr schmerzhafte Weise bewußt, daß Jack absolut nicht der Junge war, für den sie ihn gehalten hatte. Und jetzt wurde sie auf einmal auch sehr wütend auf Jack. Sie stürzte aus dem Badezimmer und wollte ihn zur Rede stellen.

»Warum hast du mir davon nichts erzählt?« schrie sie ihn an. In ihrer Hand hielt sie immer noch die Schachtel. Sie platzte genau in dem Augenblick in sein Wohn-Schlafzimmer, als Jack seine Hand aus ihrer Handtasche zog. Das schlechte Gewissen stand ihm ins Gesicht geschrieben.

»O mein Gott!« rief sie. »Was machst du denn jetzt schon wieder? Was hast du in meiner Handtasche zu suchen gehabt?«

»Pst, Jessica. Ich kann dir alles erklären«, antwortete Jack. »Ich habe doch nur nach einem Streichholz gesucht. Man muß meinen Herd mit einem Streichholz anmachen.« Er zeigte auf den winzigen Zwei-Platten-Herd in einer Ecke des Zimmers. »Ich wollte uns einen Tee aufsetzen.«

Doch Jessica hatte mehr als genug von seinen Erklärungen. Es war, als wäre ihr gerade ein riesengroßes Licht aufgegangen. »Und was ist hiermit? Kannst du mir das auch erklären?« Sie schüttelte die Schachtel in ihrer Hand.

Jetzt schien Jack zum ersten Mal zu bemerken, was sie da in ihrer Hand hielt, und er wurde ganz blaß.

»Und was ist mit dem Geld, das auf so mysteriöse Weise verschwunden ist, als wir beide zusammen im Kino waren? Kannst du mir das auch erklären? Und was ist mit den Manschettenknöpfen von Lillians Vater? Na, nun red schon!« Plötzlich paßten alle Teile des Puzzles zusammen.

»Jessica … sag … sag jetzt bitte nichts mehr.« Plötzlich klang Jacks Stimme seltsam bedrohlich.

»Warum? Du hörst wohl nicht sehr gern die Wahrheit über dich selbst, du … du Schwindler und Hochstapler!« Jessica war unheimlich wütend.

Und Sekunden später stürzte sich Jack schon auf sie. Jessica kämpfte mit all ihrer Kraft, um sich aus seiner Umklammerung wieder zu lösen, doch Jack war einfach zu stark für sie.

»Es tut mir leid! Ich hab es nicht so gemeint! Ich nehme es wieder zurück!« Tränen der Angst rollten über ihr Gesicht.

Doch irgend etwas in Jack war eingerastet. Er war unerbittlich, ließ nicht einen Augenblick locker. Jessica spürte, wie ihr die Luft ausging, als er sie auf dem Boden festnagelte und seine Hände um ihren Hals legte!

Elizabeth konnte kaum Lillians Telefonnummer wählen, so sehr zitterten ihre Finger. Das war ihre letzte Chance, Jessica ausfindig zu machen. Sie waren an Miller's Point gewesen, hatten die ganze Stadt abgesucht und am Ende auch das Einkaufszentrum. Von Jacks Rambler war nirgends auch nur eine Spur zu sehen gewesen. Als sie jetzt in der Telefonzelle vor dem Valley Cinema stand, hielt Elizabeth den Atem an und betete leise.

Nach dem dritten Läuten hob Lillian endlich den

Hörer ab. »Hallo?« sagte sie, und es klang mehr wie ein Krächzen.

»Lillian? Liz Wakefield hier. Ist mit dir alles in Ordnung?«

»Oh, hallo, Liz. Nein, ich habe mir eine tüchtige Grippe gefangen«, antwortete Lillian voller Selbstmitleid. »Der Arzt ist gerade erst wieder gegangen.«

»Das tut mir aber leid«, erwiderte Elizabeth. »Und es tut mir auch sehr leid, daß ich dich überhaupt stören muß. Doch ich fürchte, es handelt sich um einen echten Notfall. Ich brauche unbedingt Jacks Adresse.«

»Jack? Was ist denn mit Jack? Ist ihm etwas passiert? Ist er in Ordnung?« wollte Lillian ganz aufgeregt wissen.

»Jack ist in Ordnung. Ihm geht es gut, Lillian«, informierte Elizabeth sie. »Aber ich weiß nicht, ob das auch bei Jessica der Fall ist. Denn die suche ich im Augenblick fieberhaft.«

»Ach.« Jetzt sprach Lillian wieder vollkommen ruhig. »Aber was hat Jessica denn mit Jack zu tun?« fragte sie unschuldig.

Elizabeth holte tief Luft. Das wurde ja doch schwieriger, als sie gedacht hatte. »Sie hat sich heute mit ihm verabredet«, erklärte Elizabeth schließlich. Jetzt konnte ihr nur noch die Wahrheit weiterhelfen. Außerdem hatte sie einfach nicht die Zeit, diplomatisch vorzugehen.

Am anderen Ende der Leitung herrschte Schweigen. »Lillian? Lillian, bist du noch da?« sagte Elizabeth. Sie mußte die Adresse so schnell wie möglich erfahren.

»Diese Verräterin!« rief Lillian dann. »Wie konnte sie so was nur tun?« Elizabeth hielt den Hörer einige Zentimeter vom Ohr, doch auch so konnte sie Lillians wütendes Geschrei überdeutlich hören. »Ich werde sie umbringen! Das schwöre ich!«

Elizabeth hatte jetzt nicht die Zeit abzuwarten, bis Lillian sich wieder halbwegs beruhigt hatte. Jede Sekunde war eine Sekunde zu viel. »Lillian«, brüllte sie dann in den Hörer. »Jetzt hör mir mal ganz genau zu. Du würdest ihn so oder so nicht haben wollen.«

»Was soll das heißen, ich würde ihn nicht haben wollten?« brüllte Lillian zurück, ohne Elizabeth die Chance zu geben, alles aufzuklären. »Was weißt du denn überhaupt von unserer Beziehung?«

»Dafür weiß ich etwas über Jack, was du nicht weißt. Lillian, er ist nichts anderes als ein ganz gewöhnlicher kleiner Gauner. Und ein sehr gefährlicher noch dazu.«

»Was?« Lillians entsetzter Aufschrei schallte durch den Hörer.

»Es tut mir wirklich sehr leid, Lillian. Ich weiß, wie sehr dich das verletzen muß.« Elizabeth hätte sich gewünscht, daß nicht ausgerechnet sie ihr die schreckliche Neuigkeit hätte übermitteln müssen. Doch sie hatte im Augenblick nicht die Zeit, sich weiter darüber Gedanken zu machen. Nicht, wenn Jessicas Sicherheit auf dem Spiel stand. Sie gab Lillian eine knapp zusammengefaßte Schilderung von Jacks wirklicher Vergangenheit.

Als Lillian wieder antwortete, klang ihre Stimme ruhig und sehr gefaßt. Doch es war so etwas wie die Ruhe vor dem Sturm. »Elizabeth, Jack wohnt in der Vine Street Nummer achtunddreißig. Diretk neben den Bahngleisen.«

»Vielen Dank, Lillian. Du weißt gar nicht, wie sehr du mir weitergeholfen hast.« Elizabeth hoffte, daß sie wieder auflegen konnte, ehe Lillian mit ihrer Wut und ihrem Zorn erneut loslegte.

»Ach, und Liz? Wenn du Jessica finden solltest,

dann sag ihr doch bitte, daß sie mir wirklich einen großen Gefallen getan hat!« Elizabeth zuckte zusammen, als Lillian den Hörer wütend auf die Gabel knallte. Sie wußte, daß in der Villa der Fowlers der Sturm jetzt ausgebrochen war. Doch Elizabeth hatte bekommen, was sie um jeden Preis brauchte – Jacks Adresse.

»Mir nach«, rief sie Nicholas und David zu, als sie wieder in den Fiat sprang.

Elizabeth raste mit einer solchen Geschwindigkeit durch Sweet Valley, daß man hätte meinen können, sie wollte beim Großen Preis von Indianapolis teilnehmen. Im Nu hatte sie die Bahnschienen überquert und bog in die Vine Street ein. Vor dem Haus Nummer achtunddreißig kam sie mit quietschenden Reifen zum Stehen. Sie, Nicholas und David rannten dann ins Haus.

Doch im Hausflur wurden sie mit dem nächsten Problem konfrontiert. Dort befanden sich insgesamt acht Briefkästen. Das bedeutete, daß es acht verschiedene Wohnungen gab. Welche davon gehörte Jack?

Elizabeth suchte die Briefkästen nach Namen ab, doch die meisten von ihnen trugen nur Nachnamen, und manche waren gar nicht beschriftet.

»Bart Parnello«, las Elizabeth laut ab. »Apartment 2B. Den können wir wohl vergessen. Und auch K. Spencer, 3A. Bleiben noch sechs Wohnungen.« Wieder stieg Panik in ihr auf. »Was wollen wir denn jetzt machen?«

»Ich denke, wir werden wohl keine andere Wahl haben, als an jede einzelne Tür zu klopfen«, sagte Nicholas mit finsterem Gesicht.

Die drei gingen weiter in das alte, dunkle Gebäude hinein und drückten den Klingelknopf der ersten Wohnung. Niemand rührte sich hinter der Türe. Sie klingelten wieder. Doch gerade, als sie sich schon abwenden wollten, hörten sie, daß jemand kam. Die Tür öffnete sich einen Spalt, und ein untersetzter Mann in Unterhemd und Boxer-Shorts starrte sie an.

»Was wollt ihr?« fuhr er sie an. »Ich seh mir grade einen Film im Fernsehen an.«

»Es tut uns wirklich schrecklich leid, Sir«, sagte Elizabeth, »aber wir suchen jemanden, der in diesem Haus wohnt. Es ist ein Junge namens Jack.«

»Kenn ich nicht!« fauchte der Mann und wollte die Türe wieder zudrücken.

Blitzschnell schob Elizabeth ihren Fuß zwischen Tür und Türrahmen. »Bitte«, sagte sie flehend, »Sie müssen uns einfach helfen!«

»Hör mal, Mädchen«, brüllte sie der Mann an. »Keiner hat euch eingeladen. Also verschwindet schleunigst. Kapiert?«

»Ich kapiere jedenfalls, daß Sie der unhöflichste, gemeinste Mann sind, dem ich jemals begegnet bin«, schrie Elizabeth zurück. Tränen der Verzweiflung schossen ihr in die Augen. Sie verloren hier nur kostbare Sekunden. Voller Verzweiflung und Wut warf sich Elizabeth gegen die Türe und drückte sie weiter auf. Sie machte einen weiteren Schritt in die fremde Wohnung. »Hören Sie, es tut mir ja wirklich sehr leid, daß wir Sie gestört haben. Aber wir brauchen Ihre Hilfe. Und Sie werden mich auch nicht eher los, bis Sie mir endlich geholfen haben!« schrie sie.

»Hör mal, Kleine, ich könnte dich jetzt einfach hochheben und achtkantig hier rausschmeißen«, meinte der Mann.

»Der Junge, nach dem wir suchen, ist groß, hat hellbraunes Haar und ist ungefähr achtzehn«, fuhr Elizabeth mutig fort.

»Wenn ich dir sage, daß sich die Beschreibung nach dem Burschen aus 4B anhört, läßt du mich dann endlich in Ruhe?« knurrte der Mann böse.

Seine Frage erforderte keine Antwort. Elizabeth, Nicholas und David stürmten schon die Treppe hinauf, ins oberste Stockwerk. Dort lag ihr Ziel.

»Was hast du mit mir vor?« fragte Jessica schluchzend. Jack hatte seine Hände von ihrem Hals genommen, doch immer noch hielt er sie mit dem Gewicht seines Körpers fest auf den Boden gedrückt.

»O Jessica«, meinte Jack mit einer beunruhigend ruhigen und leisen Stimme, »wenn du doch bloß nicht so verdammt neugierig gewesen wärst! Ich habe dich wirklich sehr gemocht ...«

»Gut, wenn du mich so magst, dann läßt du mich doch sicher auch wieder laufen, oder?« Jessicas Zähne klapperten vor lauter Angst, als sie antwortete.

»Ich habe gesagt, daß ich dich gemocht *habe*, Jessica. Es war wirklich nicht sehr nett von dir, daß du so in meinen Sachen herumgeschnüffelt hast ...«

»Es tut mir leid. Ich schwöre, daß es mir leid tut!« Jessica war Jack auf Gedeih und Verderb ausgeliefert. »Bitte, bitte! Laß mich jetzt los!«

»Es tut mir sehr, sehr leid, Jessica, aber die Party ist jetzt vorbei. Wenn ich dich gehen lasse, dann wirst du doch jedem sofort erzählen, was hier passiert ist.«

»Nein, nein. Ich verspreche, daß ich nichts verrate. Laß mich jetzt einfach nach Hause gehen, und ich werde keinem Menschen auch nur ein Sterbenswörtchen verraten.«

»Jessica, ich bin es müde, immer nur von einem Ort zum anderen, von einer Stadt in die andere zu ziehen. Hier in Sweet Valley laufen ein paar Sachen ausgezeichnet für mich, und ich denke gar nicht daran, mir von irgend jemandem alles wieder verderben zu lassen.«

»Ich werde dir nichts verderben. Ganz bestimmt

nicht. Bitte, Jack, tu mir nicht weh!« Jessica starb fast vor Angst.

»Ich darf leider nichts riskieren, Jessica. Ich muß ganz sicher gehen, daß du niemals reden wirst!«

Plötzlich ertönte ein Schrei. Irgend jemand hämmerte wie verrückt gegen Jacks Wohnungstüre. »Jessie! Jessica, bist du da drin?«

»Liz!« schrie Jessica. »Liz, hilf mir!« Aus den Augenwinkeln heraus konnte sie sehen, wie sich die Türklinke bewegte und wie an der Tür gerüttelt wurde, doch sie gab nicht nach. Der einzige Türriegel hielt stand.

»Liz, es ist abgeschlossen!« rief sie, immer noch voller Angst.

»Keine Bange, Jessica«, hörte sie dann Nicholas Morrow. Noch nie zuvor hatte sie sich so sehr darüber gefreut, seine Stimme zu hören. »Wir holen dich da raus, und wenn wir diese verdammte Tür einschlagen müssen.« Dann begann er gemeinsam mit David gegen die Tür zu schlagen und zu treten, um den Riegel zu lösen.

Jessica hielt den Atem an, als das alte, nur noch schlecht verschraubte Türschloß nachzugeben begann. Doch auch Jack hatte die Türe fest im Auge. »Hört auf!« befahl er barsch. »Sonst werde ich Jessica etwas antun müssen.« Seine Stimme drang durch die dünne Türe in den Flur hinaus. Augenblicklich hörten das Klopfen und das Schlagen auf.

»Nein! Macht weiter!« schrie Jessica. »Ihr habt es fast geschafft!« Sofort ging das Hämmern wieder los.

»Es wird dir noch leid tun, daß du das gesagt hast!« Jacks Augen loderten vor Wut und Haß, als er Jessica vom Boden hochriß und sie in die winzige Kochnische zerrte, die sich am anderen Ende der kleinen Wohnung befand. Er hielt Jessica jetzt nur noch mit einer Hand fest. Mit der anderen griff er nach dem

Plastikbehälter, in dem er seine Küchenutensilien aufbewahrte und zog ein Messer heraus.

Jessica stieß einen wilden Schrei aus.

»Halt die Klappe!« fuhr Jack sie an und hob die Klinge an ihren Hals.

Genau in diesem Augenblick gab das Türschloß endlich nach, und Nicholas kam praktisch in das Zimmer geflogen. Elizabeth und David folgten ihm auf dem Fuß. Nicholas stürzte sich auf Jack und versuchte, ihm das Messer zu entringen. Während die beiden Jungen kämpften, gelang es Jessica sich aus Jacks Griff zu befreien, doch Nicholas und Jack ließen sich nicht los. Als beide zu Boden gegangen waren, eilte David seinem Freund zu Hilfe. Er bemühte sich, Jacks Finger von dem Messer zu lösen, doch Jack hatte in diesem Augenblick die Kraft eines Wahnsinnigen. Er ließ nicht los, fuchtelte wild mit dem Arm herum, und plötzlich streifte er mit der Spitze der Klinge Nicholas' Schulter. Nicholas' Hemd färbte sich rot.

Jessica riß sich zusammen und zwang sich dazu, sich wieder in den Kampf einzumischen. Sie trat neben Jack, zielte sorgfältig und stieß dann mit dem kräftigsten Tritt zu, den sie als Cheerleader gelernt hatte. Sie erwischte Jack am Unterarm. Das Messer flog in hohem Bogen durch die Luft und landete mehrere Meter weiter auf dem abgeschabten alten Teppich.

Und dann war alles innerhalb weniger Sekunden vorbei. Elizabeth stürzte sich auf das Messer und nahm es an sich. Nicholas landete einen kräftigen Schwinger mitten in Jacks Magen, und während Jack wie ein Klappmesser zusammenknickte, packte David seine Arme und verdrehte sie ihm auf den Rücken.

Jessica war gerettet und befand sich wieder in Sicherheit. Und für Sweet Valleys geheimnisvollen Märchenprinzen war mit einem Mal und endgültig das Spiel zu Ende.

13

Kurz darauf befand sich Jessica im Polizeirevier von Sweet Valley, während der diensthabende Beamte die Aussage, die sie über die Ereignisse der vergangenen Stunden gemacht hatte, zu Ende tippte. Bei ihr waren Elizabeth und ihre Eltern sowie David und Nicholas. Nicholas' linke Schulter war verbunden worden. Glücklicherweise hatte sich die Wunde als nicht so schlimm herausgestellt.

»Ich hoffe, sie sperren Jack ein und werfen den Schlüssel weit weg«, sagte Jessica wütend und unterschrieb dann die Aussage, die der Poizeibeamte vor sie hingelegt hatte.

Ned Wakefield legte einen Arm um die Schulter seiner Tochter. »Jessie, Liebes, ich weiß, daß du Schreckliches durchgemacht hast, und so ist es nur zu verständlich und normal, wenn du dich an Jack rächen willst. Aber ganz im Ernst, ich glaube, daß es für diesen armen Jungen viel besser wäre, wenn sich jemand aufmerksam und intensiv um ihn kümmerte, als daß man ihn hinter Schloß und Riegel setzt.«

»Dein Vater hat recht«, meinte Mrs. Wakefield. »Es gibt besondere Einrichtungen, wo man sich solcher Leute wie Jack besser annehmen kann als in einem Gefängnis. Vielleicht wäre alles nicht so weit gekommen, wenn dem Jungen schon viel früher geholfen worden wäre.«

»Und wenn ich nicht so ausgesprochen blöde gewesen wäre, mir unbedingt seine bescheuerten Unterwasseraufnahmen ansehen zu wollen, dann wäre es ebenfalls nicht passiert«, schimpfte Jessica mit sich selbst.

»Jessica, diese Aufnahmen waren noch nicht einmal Jacks eigene Fotos«, informierte Elizabeth ihre Zwillingsschwester. »David hat mir erzählt, daß dieses Mädchen an seiner Schule eine ausgezeichnete Taucherin gewesen ist und daß die Fotos höchstwahrscheinlich ihr gehören.« David nickte bestätigend.

»Noch mehr Lügen. Ich hätte es besser wissen sollen. Ich hätte es spüren müssen. Aber nein. Ich hatte viel zu viel damit zu tun, mir immer wieder selbst zu meinem neuen, bedeutenden und womöglich berühmten Freund zu gratulieren. Blöd war ich, unheimlich blöd.« Jessica senkte beschämt den Kopf.

»Es ist wirklich nicht deine Schuld, Jessie. Er ist ein sehr geschickter und erfahrener Lügner«, beruhigte Elizabeth sie. »Darüber gibt es nicht den geringsten Zweifel. Jeder hätte sich durch ihn täuschen lassen.«

»Liz, ich finde es wirklich nett von dir, daß du versuchst, meine Stimmung aufzupolieren«, antwortete Jessica ihrer Schwester, »aber du bist ja auch nicht zum Narren gehalten worden. Du hast von Anfang an gewußt, daß irgend etwas an diesem Kerl faul war. Nein, es ist ganz allein meiner Blindheit und Dummheit zu verdanken, daß ich auf ihn hereingefallen bin.«

»Du solltest dir aber wirklich keine Vorwürfe machen, Jessica.« Dieses Mal war es Nicholas, der versuchte, sie zu trösten. »Genaugenommen solltest du sogar schrecklich zufrieden mit dir selbst sein. Denn immerhin bist schließlich du es gewesen, die Jack am Ende das Messer abnehmen konnte. Wenn du nicht gewesen wärst, wer weiß, was dann noch alles passiert wäre.«

»Du bist die Heldin des Tages!« fügte Elizabeth hinzu.

Schließlich tauchte ein winziges Lächeln auf Jessicas Lippen auf. »Bin ich das wirklich?«

»Natürlich bist du das, du Dummchen«, erwiderte ihre Zwillingsschwester.

Das Lächeln wurde stärker. »Und bekommt die Heldin des Tages dann zu ihrer Ehre heute abend auch ein ganz besonderes Essen?« fragte sie.

»Das ist wieder ganz meine alte Jessica«, meinte Ned Wakefield und lachte laut.

»Heißt das ja?«

»Jessie, wenn du dich dazu wirklich schon wieder in der Lage fühlst ... sag uns wo, und wir fahren später dort hin!«

Doch bevor Jessica darauf antworten konnte, wurde die Aufmerksamkeit aller von einer Durchsage im Polizeifunk in Bann gezogen. Aus dem Lautsprecher des Funkgerätes klang eine dringende Nachricht in den Wachraum. »Kleines Flugzeug in Schwierigkeiten. In der Umgebung des Secca Lake. Ich wiederhole: kleines Flugzeug in ernsten Schwierigkeiten. Die Kennnummer der Maschine ist BA 329. Sie ist vermietet worden an einen George Warren.«

Elizabeth stieß einen entsetzten Laut aus. George und Enid! Die Aufregungen waren noch nicht vorüber!

Ende

Die arme Enid! Diesmal meint es das Schicksal aber wirklich schlecht mit ihr: Nicht nur, daß ihr Freund George sich in ein anderes Mädchen verliebt hat, jetzt gerät sie auch noch in Lebensgefahr!

Doch soviel können wir Euch schon von unserem nächsten Roman verraten: George und Enid überleben den Flugzeugabsturz. Aber wie wird George sich nun seiner schwerverletzten Freundin gegenüber verhalten?

Wenn Ihr das wissen wollt, dann besorgt Euch doch Band 56020 unserer Taschenbuchreihe »Sweet Love«:

»Bruchlandung in Sachen Liebe«

Wenn mal das Leben so richtig mies ist ... wenn einem die anderen unheimlich auf den Geist gehen ... wenn alle Freunde gerade was Besseres zu tun haben ...
dann gibt's eigentlich nur eins, was den Tag noch retten kann: der Super-Sonderband Sweet Love
„Ein Sommer in Kalifornien"
Denn das ist der extra dicke Sommer-Lese-Spaß für Euch!
Natürlich ist das wieder ein Roman mit Liz, Jessie und ihren Freunden – aber er ist fast doppelt so lang wie die anderen Sweet-Love-Taschenbücher. Klasse, was?

Und worum geht's darin?
Liz hatte eigentlich vor, die Ferien-Radtour mit Ted und ihren Freunden so richtig zu genießen. Doch sie hätte sich gleich denken können, daß das nicht klappt, wenn Jessica dabei ist. Nicht nur sie zeigt sich von ihrer „besten" Seite, auch Bruce, das Ekel, schlägt wieder erbarmungslos zu. Und dann ist da noch Courtney, auf deren Lügen und Wimpern-Klimpern ausgerechnet Ted voll hereinfällt – blind und taub, wie Jungen nun mal sein können.
Die arme Elizabeth bekommt langsam das Gefühl, daß sich diese vier Wochen zu einem einzigen Alptraum entwickeln.

BASTEI LÜBBE

Wenn Ihr wissen wollt, wie es ausgeht, dann holt Euch doch den Roman im Buch- und Zeitschriftenhandel!